명작 영어교습소

명작 영어교습소

초 판 1쇄 2025년 10월 13일

지은이 백정순
펴낸이 류종렬

펴낸곳 미다스북스
본부장 임종익
편집장 이다경, 김가영
디자인 임인영, 윤가희
책임진행 김요섭, 이예나, 안채원, 김은진

등록 2001년 3월 21일 제2001-000040호
주소 서울시 마포구 양화로 133 서교타워 711호
전화 02) 322-7802~3
팩스 02) 6007-1845
블로그 http://blog.naver.com/midasbooks
전자주소 midasbooks@hanmail.net
페이스북 https://www.facebook.com/midasbooks425
인스타그램 https://www.instagram.com/midasbooks

ISBN 979-11-7355-514-5 03810

값 18,500원

미다스북스는 다음세대에게 필요한 지혜와 교양을 생각합니다.

명작 영어교습소

백정순
장편소설

내 삶도 명작이 될 수 있을까

낯선 오후의 수다들이 모이면

내 삶도
명작이
될 수 있을까

다시 시작할 수 있을까

모니카는 서서히 물러나는 여름의 마지막 열기를 지워내듯 관자놀이로 구르는 땀을 훔쳤다. 손수건을 챙겨 눈 넉분이었다. 티슈만을 고집하며 마구마구 낭비하던 청춘도 어느덧 갔다. 화려하지 않은 정갈한 무늬의 손수건이 이젠 그녀의 핸드백 안에 늘 자리했다. 엄마가 좋아하던 꽃무늬가 아닌 민자 손수건의 서늘한 감촉이 때로 그녀의 산란한 마음을 진정시켜주었다. 손수건을 꺼낼 때마다 왠지 마음뿐 아니라 그녀의 자세마저 꼿꼿해졌다. 엉망진창인 듯한 날 어떻게든 자신에게 예의를 갖추고 싶을 때, 위로받고 싶은 기분이 들 때, 여분으로 한 장 더 챙겨오곤 했다. 이런 여유도 나이가 가져다준 선물이었다. 사실 이 습관이 그녀에게 오게 된 계기는 따로 있었다.

늘 시간에 쫓기며 공간을 의식하지도, 즐기지도 못하며, 덧없는 하루하루를 보내던 그녀였다. 그날따라 출근길 건널목은 몰아닥친 행인들로 유난히 붐볐다. 빨간불로 바뀌기 전 친절하던 신호등 숫자가 문득 불친절하게 느껴지던 순간이었다. 카운트다운 하는 숫자를 노려보며 허둥지둥 내달리려던 찰나였다. 동행하던 엄마를 잃어버렸는지 웬 꼬마 숙녀가 눈물 콧물을 흘리며 그녀의 옆에서 서럽게 울고 있었다. 바삐 오가는 행인들 속에 묻혀만 가고 있던 아이가 그녀의 손목을 잡았다. 눈물과 콧물이 범벅이 된 아이의 얼굴을 행여나 남이 볼세라 그녀는 얼른 가방 안으로 손을 잽싸게 찔러 넣었다. 서늘한 감촉의 손수건이 잡혔다. 출근 전에 맘먹고 섬유 향수까지 뿌린 손수건이었다. 우중충한 하루를 조금이나마 낫게 해줄 실낱같은 기대였다. 몸에도 뿌리지 않는 향수를 손수건이란 조그만 것에 감정이입해 본 최초의 날인 셈이었다. 아이를 인도 안쪽으로 이끌었다. 혼자만의 절망에 빠진 순간 아이는 낯선 이를 의식하지 않았다. 차분한 손길로 손수건은 아이를 쓰다듬고 다독였다.

"엄마 어딨어?"

"길 건너 마트에 갔어요. 목마르다고 하니 음료수 사 온다고."

"응. 그렇구나. 가게 안에 손님이 많은가 보네. 곧 엄마 오실 거야. 울지 마."

띠리리, 띠리리……. 신호등이 다시 재촉했다. 고개를 드니 엄마인 듯한 여자가 헐레벌떡 달음질해왔다. 모니카는 구겨진 손수건을 가방에 찔러 넣었다. 해사해진 아이의 얼굴에 구겨진 손수건이 한 송이 꽃이 되어준 순간이었다. 삐질삐질 땀이 목 뒤로 흘러내렸지만, 그녀의 마음엔 상쾌한 한 줄기 바람이 불어왔다. 나이를 먹는 것도 나쁘진 않았다. 서투르고 주변머리 없는 아이가 어른이 되어가니 말이다. 어딜 가나 손수건을 챙기는 자신이 잠시라도 진짜 어른이 된 듯했다. 나이와 관계없는 '어른'

구름 한 점 없는 하늘에 심심한 회색 건물이 눈앞에 덩그러니 서 있었다. 어정쩡하게 서 있는 건물은 아직 제자리를 찾지 못한 듯했다. 신축 건물인데도 왜 이리 쇠락해 보이는 걸까. 날림으로 지어 빨리빨리 주머니를 불리고 싶은 건물주가 뒤에 숨어 속삭이는 듯했다.

‘이봐, 그냥 들어와. 뭘 망설이냐? 여기 들어와 대박 나고, 팔자도 고치라고.’

그녀는 고개를 힘겹게 부동산 소장에게 돌렸다. 주저와 의심과 갈증을 담은 목소리가 그녀의 메마른 목구멍으로 새어 나왔다.

"소장님, 여기 너무 들어와 있는 거 아니에요? 중심가에서. 유동 인구도 별로 없어 보이고……."

"아이고, 아가씬지 아줌만지, 참, 원장님이라고 불러야겠네. 대단지 아파트 끼고 있고 한발 나가면 대학교 있고. 뭘 더 바라실까. 이 아파트 분양받을 때 참외 농사로 재미 본 알부자들 엄청나게 들어왔잖아요. 다들 한 주머니 차고 들어온 양반들이라 교육열도 높을걸요. 원장님, 횡재한 줄 알아요."

하긴 식당이 맛으로 승부하는 거지, 꼭 목이 좋아야 하는 건 아니지. 잘만 가르치면 뭐. 구석진 데 있더라도 소문나면 애들도 바글거리지 않겠어. 그녀의 머릿속 계산기가 돌아갔다. 아이, 또 종잇장이네. 얇은 귀를 가진 그녀는 이번만은 쉽게 흔들리지 않으리라 결심했다. 생애 첫 비즈니스인 만큼 신중해야 해. 자기 전 얼마나 주문을 걸었던가. 그럼에도 지금 그녀는 이제 마지막

단추를 눌러야 한다는 자포자기의 심경이 되었다. 반경 10킬로를 두 달을 꼬박 돌았다. 밤이면 부은 종아리를 마사지하다 잠들었다. 이러다 오픈하기도 전에 몸져눕긴 싫었나. 발품도 지겨웠다. 그래, 망해 봤자다.

"집주인이 위층에 사는데 떡집 해서 건물 몇 채를 샀잖아요. 사람들도 점잖고 다 좋아요."

소장님은 중년 여자 특유의 넉살로 눈꼬리를 살짝 길게 빼며 그녀를 향해 속삭였다. 마치 비밀이라도 공유하려는 듯한 몸짓으로. 어설픈 윙크가 이내 찌그러졌다.

"결정적으로 월세가 낮잖아. 호호호."

소장의 마지막 말이 그녀의 망설임에 쐐기를 박았다. 건물이 몇 채 있으면 그만큼 여유가 있을 것이고, 떡집을 해서 돈을 벌었다면 그만큼 고생이란 걸 알 테니 바늘구멍처럼 좁게 굴지는 않으리라. 어느덧 모니카는 어설픈 짬밥 흉내를 내며 결론에 도달하려 했다. 월세가 낮긴 했다. 시장통 대로변으로 나갈수록 블록당 월세가 치솟았다. 한갓진 골목이라는 입지가 썩 내키진 않앉지만 저렴한 월세라는 유혹이 그녀의 용기에 불을 지폈다.

들어서 지 이 년 남짓한 신축 아파트가 4차선 도로를 두고 좌우현으로 대단지를 이루고 있었다. 신도시라고 할 수 있는 이 외곽 지역은 차로 조금만 나가면 참외 농사를 지어 부촌으로 통하는 군과 연결되었다. 도심으로 통하는 8차선 도로 건너엔 대학교가 자리 잡고 있었다. 지방에서 명문으로 통하는 대학은 아니지만 넓은 부지와 서양식 건물로 가득한 예쁜 캠퍼스는 종종 드라마 세트장으로 이용되었다. 신도시로 개발되기 전엔 그나마 이 대학교를 빼면 동네는 한적한 도시 외곽에 불과했다. 시 전체의 주요 동맥 역할을 해낼 지하철 새 노선이 연결되면서 지역은 활기를 띠었다.

로비 전면을 차지하는 창을 덮은 나무는 오늘도 춤을 추었다. 창밖 풍경을 독식해버린 은행인지 플라타너스인지 모를 나무를 멍하니 바라보던 모니카는 화들짝 일어섰다. 벌써 시간이 이렇게 되었나. 용범이 픽업 시간이었다. 마음이 걸음을 앞섰다. 뒤뚱거리던 걸음을 추스르고 나르듯 계단을 내려온 그녀는 반사적으로 무성한 나무에 가려진 간판을 올려다보았다. '아이 씨…….' 출퇴근을 하며 하루에도 어김없이 두 번은 나오는 추임새였다.

'명작 영어교습소'

백만 원이나 들인 간판을 빌어먹을 나무가 모조리 가려버렸
다. 보이는 건 '명작' 두 글자뿐 간판의 반 이상이 날름 먹혀버린
셈이었다. 무성한 나뭇잎과 가지들이 간판의 전면을 차지한 '영
어교습소'를 얄밉게도 덮어버렸다. 저놈의 나무, 겨울이나 돼야
발가벗으려나. 간판이 보여야 사람들이 찾아오지. '명작? 뭐야,
명작 노래방인가?' 고개를 갸웃거리는 행인들이 떠올랐다. 벌초
용 가위라도 들고 와 저놈의 나뭇잎들을 싹둑싹둑 잘라 휑하니
벗겨버려야지. 모니카는 툴툴거리며 차 시동을 걸었다.

"안녕하세요, 어머님."

차를 주차하자마자 모니카는 내달았다. 카센터 마당에서 쭈
그려 앉아 등을 보인 채 일하는 용범의 부모님이 눈에 들어왔다.
카센터 입구엔 여전히 맹숭맹숭한 낯으로 용범이 서 있었다. 구
부정하게 어깨를 움츠린 덩치만 큰 아기. 땀으로 세수라도 한 듯
한 얼굴을 수건으로 훔치며 세차를 하던 어머님이 돌아보았다.

"어머, 선생님. 오늘은 쪼금 늦으셨네요."
"네, 죄송합니다. 오늘따라 차가 좀 막혀서요. 용범아, 가자."

겨우 떠올린 변명을 더듬으며 모니카는 용범의 손을 잡았다.

"용범아, 열심히 해야 해. 선생님 말씀 잘 듣고."

용범은 끝내 시무룩했다. 미처 끝내지 못한 닌텐도의 마지막 영상이 용범의 두 눈에 아쉬움으로 남아 있었다. '미안해 용범아.' 모니카는 괜스레 올라오는 죄책감을 억눌렀다. 교습소를 개원한 지 석 달째 용범은 그녀의 1호이자 유일한 원생이었다. 그것도 지인의 알음알음으로 들어온 아이였다. 최초의 원생을 받고 그녀가 느낀 뿌듯함도 오래가지 않았다. 차로 십 분은 족히 걸리는 윗동네에서 용범의 부모님은 카센터를 운영했다. 갓 난 용범을 둘러업고 눈이 오나 비가 오나 악착같이 세차를 해 온 엄마와 늘 기름때를 번들거리며 피곤한 인사를 건네는 아빠. 모니카는 그로부터 꼬박 두 해를 용범을 태워 날랐다.

VIP 고객이 따로 없었다. 그것도 1호 고객 기념으로 교육비 반값 할인이니. 모니카는 고생하시는 용범의 부모님을 매일 보면서 그것도 받는 게 부담스러워졌다. 6개월이 지나도 알파벳과 파닉스를 떼지 못하는 용범을 보며 부모님을 대할 때마다 늘 마음이 개운치 않았다.

"우리 용범이, 잘해요? 영어 많이 늘었어요?"

"네, 아버님. 용범이가 우직하고 성실해요."

대화는 늘 서로의 기대를 슬쩍 비껴갔다. 세상에 학부모 상담만큼 어려운 건 없어. 가르치는 건 백번 하겠지만 거짓말 아닌 거짓말로 그녀의 기운은 소진되어갔다.

열 살인 또래보다 덩치가 큰 용범의 유일한 친구는 닌텐도였다. 그녀와 공부한 지 몇 달이 지나도록 용범은 입을 떼지 않았다. 혹 자폐나 ADHA 성향이 있나 의심이 갔지만 좀 더 지켜보기로 했다. 전문가에게 상담받기에 앞서 용범의 부모님 판단과 결정에 달린 일이었다. 다행히 날이 갈수록 용범의 말문은 조금씩 열리기 시작했다. 모니카가 묻는 말에 얼추 반응하는 것도 감격스러울 정도였다. 워낙 낯을 가리고 수줍어하는 성격에다 느린 학습 속도가 문제였다. 그래, 문제로 보자면 모든 게 문제겠지. 모니카는 용범을 가르칠 때마다 억누르고 있던 마른 한숨이 나왔다. 아이들은 모두 다를 뿐이야. 저마다의 속도가 있을 뿐이지. 속으로 염불 외듯 되뇌었다. 한 해가 다 되어가도 파닉스의 원리조차 깨치지 못하는 용범은 산 넘고, 산이었다. 그래, 모국어도 익숙지 않은데 생전 처음 보는 꼬부랑 외계어를 쑤셔 넣어야 하니 너도나도 왕 스트레스다. 급기야 학습장애가 아닐까 싶어 어머니에게 물어보려던 마음을 이렇게 마지막 염불로 귀결시키고 말았다

새천년 밀레니엄에 대한 기대로 세상은 온통 장밋빛 글라스를 쓰고 있었다. TV는 틀기만 하면 21세기, 희망이란 단어들로 고래고래 나발을 불어댔다. 그녀도 지나온 자신의 너덜너덜한 인생을 새천년과 함께 리셋해 볼 기회를 엿보고자 했는지도 몰랐다. 조개처럼 입을 꾹 닫고 딴전을 피우는 용범을 보며 그녀가 베팅하며 올라탄 새천년의 빵빵했던 보트도 서서히 꺼져가는 것만 같았다. 교습소를 오픈한 뒤 줄곧 아이 한 명만을 태워 오가며 하는 독박 레슨이 여태껏 루틴으로 굳어져 갔다. 날이 갈수록 고인 물이 되어 간다는 느낌을 떨칠 수가 없었다.

간밤 혼술의 여운이 채 가시지 않아 찌뿌둥한 머리를 움켜쥐고 출근한 어느 날이었다. 무거운 발걸음으로 계단을 하나하나 오르던 그녀의 코에 이상한 냄새가 실려 왔다. 이게 무슨 냄새야? 순식간에 머리가 맑아진 그녀는 코를 킁킁거리며 걸음을 빨리했다. 계단을 두 개씩 껑충 오르며 복도에 발을 디딘 순간 등의 솜털들이 바짝 일어섰다. 학원 출입문 앞 복도를 간밤 파티의

여운이 화끈하게 뒤덮고 있었다. 자유분방하게 구르는 맥주캔과 소주병들, 먹다 남은 육포랑 과자부스러기들이 토사물과 함께 여기저기 나뒹굴고 있었다. 오 마이 갓! 이게 뭐야. 모니카는 다시 양 관자놀이를 꽉 눌렀다. 노숙자? 동네 양아치들? 하필 이분들은 왜 여기를 파티 장소로 삼지. 모니카는 그날 수업하기도 전에 진이 빠졌다. 하루가 아닌 한 해를 산 듯했다.

모니카는 커피 맛도 모른 채 오늘따라 유달리 허리를 꺾으며 댄스 삼매경에 빠진 창밖의 나무를 쏘아보았다. 그래, 아이들이 오지 않으면 내가 데려오자. 그녀는 결심했다. 아파트 게시용, 신문 삽지 배포용 전단을 만들고 인근 상가에 돌릴 떡도 주문했다. 아이들을 기다리며 버틴 6개월이었다. 계약과 동시에 부랴부랴 실내 장식에, 필요한 교재랑 비품을 하나하나 채워 넣었다. 수업 커리큘럼을 짜고, 공사를 마무리 짓고도 손이 가야 할 사잘한 일을 처리하는 동안 어느새 시간은 후딱 가버렸다. 그 시간 짬짬이 모니카는 좀비처럼 축 늘어지고 있었다. 흐리거나 비가 올 때면 새로 지은 건물은 온갖 화학 독성물을 내뿜었다. 면역이 약한 그녀는 늘 머리가 띵하고 눈이 따갑고 초조해졌다. 교습소를 들어서서 퇴근할 때까지 사람을 몽롱하게 비틀며 고문하는 감옥에 갇힌 듯했다.

"새 건물 증후군이야. 새 아파트 들어가면 많다잖아. 멀쩡하던 애들이 아토피, 천식, 알러지 달고 살고."

친구 지해가 무 자르듯 진단했다. 그런가, 집도 건물도 새것이 좋은 것만은 아니지. 새것을 바라고 들어온 건 아니었다. 적당히 오래되고 편안한 것을 좋아하는 그녀였다. 사람이든 물건이든 여행지든 새롭고 짜릿한 모험 같은 것을 찾는 일은 그녀와 맞지 않았다. 오히려 낯선 대상 속에서 무언가 익숙한 것을 찾아내거나 발견하는 것에 매력을 느끼는 그녀였다. 어쩌다 보니 이리저리 타이밍에 맞아떨어진 이곳이 그녀에게 왔을 뿐이었다. 행여나 맞지 않은 옷이라면 몸을 옷에 맞추는 수밖에. 굿 타이밍인지, 배드 타이밍인지 가릴 처지가 아니었다.

"교습소 대박 나고, 너도 좋은 사람 만나 결혼해야지. 아니, 넌 결혼하지 마. 별거 없어. 나 봐. 늦은 나이에 결혼해 이게 뭐냐? 애 둘 줄줄이 낳고 허리도 못 펴고. 후회막급이다."

굵고 검은 안경테 너머로 지해는 헛웃음을 지었다. 헛웃음이라 치더라도 왠지 쟁여둔 비자금이라도 있는 듯 넉넉함이 보였다.

"그래도 만날 때마다 신랑 자랑, 애들 자랑이잖아. 이중인격 같으니, 흥!"

"결혼도 하려면 좀 젊을 때 해야지, 나이 먹어서 하니 못 할 짓 같다는 말이지, 뭐."

현실적인 듯해도 여유를 잃으려 하지 않았던 지해답지 않은 결혼이었다. 평소 특별할 게 없는 결혼이라 여겼건만, 조바심하 듯 연달아 선을 보고 결혼을 하고 아이를 낳은 지해가 모니카에 겐 의외였다. 외국어 학원에서 일본어를 가르치던 짧았지만 빛 났던 시간 속의 지해가 모니카는 늘 아쉬웠다. 어느 오전에 지 해에게 졸라 수강생으로 가장하고 청강을 들어간 적이 있었다. 일본 애니메이션 붐으로 넘쳐나는 덕후들 틈에서 수녀님, 스님 이 열공하는 모습이 신기했다. 새벽 수업을 시작으로 종일 피곤 한 기색 없이 열정적으로 수업하는 지해는 눈부셨다. 그런 친구 를 가져 모니카는 우쭐했다. 돈을 많이 벌고 싶다는 생각보단 하 고 싶은 일을 하는 친구의 모습이 남자친구보다, 명품 가방보다 더한 충족감을 주던 때였다. 그 시간이 행복이었고, 이젠 돌아갈 수 없는 걸 알았지만, 그렇게 쉽게 포기해버린 지해가 한때는 야속하기도 했다. 결국 모니카만이 간직하고 싶은 이미지였는지 도 몰랐다. 친구의 꿈과 그녀의 꿈이 만날 수는 없는 일이었다. 그래도 지해를 볼 때마다 오랜 시간 모니카의 가슴 한구석엔 작 은 구멍이 뚫려 찬바람이 숭숭 들어왔다.

"아이 때문에 잠도 못 자던 시절이 이젠 그립기도 해. 꼬맹이들 이제 제법 컸다고 반항하기 시작하니 말이지."

"그래, 고생했다. 애들 천식에, 이토피에, 달고 살던 감기에. 툭하면 밤 꼴딱 새고, 너 해골 같았잖아. 난 엄마 자신 없다. 건강하게 잘만 커 주면 된다는 말, 다른 거 욕심내면 벌 받을 것 같다는 네 심정, 난 백 퍼센트 이해할 수 없으니까."

"호오, 근데 애 셋은 키워본 말투네. 결혼도 안 해 본 처녀가."

"오호, 간접경험. 요즘 심심해서 짬짬이 막장드라마를 봤더니만. 이제 찐 아줌마들 상대해야 해. 학부모들 말이야. 나 무서워. 아줌마들이 무서워. 호랑이 같아. 어쩜 좋냐? 아줌마로서 팁 좀 주라."

"아줌마들이 좀 쎄긴 하지. 아줌마가 되면, 아니, 엄마가 되면 세포가 변해. 목숨 걸고 아이 낳고 기르면 암사자가 된다고나 할까. 사자들 봐. 수놈은 교미만 하고, 암사자가 먹이도 물어오잖아. 어쩔 수 없어."

"야, 넌 변한 게 없는 것 같은데. 아줌마 같지 않아. 여전히 양반댁 규수야."

"호호, 그래? 그냥 존중해줘. 진심으로. 학부모이기 전에 위대한 엄마들이잖아. 그럼 될 것 같은데."

가을이 오려나. 아침저녁으로 코끝에 기분 좋은 바람이 감질나게 스쳤다. 교습소를 나와서 2차선 도로를 건너면 아파트 단지와 상가가 요새처럼 둘러쌌다. 신축 아파트 단지엔 신흥세력이 대거로 둥지를 틀었다. 부동산 소장의 입담이 적중했다. 그들은 참외로 유명한 인근 부촌에서 재미를 본 졸부들이었다. 그들이 장악한 요새엔 돈 냄새는 났지만, 품격이나 교양의 향기는 풍기지 않았다. 그들의 옷매무새, 걸음걸이, 말투에서 타인의 외형에 별 관심이 없는 그녀조차 맡을 수 있는 냄새. 어떻게든 돈이 되는 참외 농사로 자식들 대도시로 학교 보내고, 신도시에 둥지를 틀고, 건물을 사고, 그밖에 달리 쓸데가 없는 돈은 대형마트에서 펑펑 써버리는 소비패턴을 가진 종족들. 그들에게서 유일하게 엿볼 수 있는 지성은 그래도 자식에 대한 교육열이었다.

모니카는 아파트 상가 어귀에 있는 슈퍼에서 음료수 세트 대여섯 개를 카트에 넣었다. 떡을 주문했던 떡집이 갑자기 휴업하는 바람에 미처 떡을 맞추진 못했지만, 떡을 돌리는 것보단 젊은 사람들에겐 음료수가 나을 듯했다. 상가 첫 번째 점포인 미용실 문을 열었다. 마침 손님이 없는 막간을 이용해서 한 여자가 바닥에 흩어진 머리카락을 쓸어 담고 있었다. 수북이 쌓인 머리칼들이 소담스럽다 못해 푸근한 분위기를 연출했다. 저것들에도 돈 냄새가 나네. 모니카는 저도 모르게 흐트러진 자신의 머리칼을 쓸어내렸다.

"안녕하세요. 길 건너 오픈한 명작 영어교습소에서 인사드리러 왔습니다."

모니카는 카트에서 음료수 한 세트를 꺼내며 허리를 90도로 꺾었다. 상대를 무장해제시키기 위해선 90도 인사가 제격이라 나름 고심한 전략이었다.

"어머, 안녕하세요. 뭐, 이런 걸."

원장인 듯한 아우라가 전혀 없는 수수한 시골 아주머니 인상이었다.

"잘됐네. 우리 홍민이 영어 해야 하는데. 놀기만 놀고 녀석이 공부하곤 영 담을 쌓았어요. 학원 보내려니 여기서 한참을 가야하고. 정말, 잘됐다."
"오, 감사합니다. 보내주시면 최선을 다하겠습니다."

모니카는 가슴이 떨렸다. 나대는 심장을 가다듬고 소파에 조심스레 앉았다. 깔끔하지만 소박한 실내 장식을 한 전형적인 동네 미용실이다. 꾸미는데 인색한 그녀가 진열된 각종 미용용품을 소 닭 보듯 하고 있을 때 가게 뒤쪽 휴게실로 들어갔던 원장이 남자아이의 뒷덜미를 잡고 나왔다.

"얘가 우리 아들, 장홍민. 6학년. 우리 꼴통 잘 부탁드려요, 선생님."

끌려 나온 아이는 자다가 날벼락이라도 맞은 듯 얼떨떨한 표정이었다. 무방비 상태로 당한 기습에 설욕이라도 하듯 아이는 외쳤다.

"나, 영어 안 해. 영어 싫다고. 죽어도 안 할 거야."

아이고, 갈수록 산이네. 이 동네엔 왜 이런 아이들만 있냐. 그녀는 벌써 기가 꺾였다. 그녀는 인정했다. 자신이 돈벌이보단 가르치려는 의기 충만 자체지만 내심 두려움에 지는 초자 원장이란 걸. 시작도 하기 전에 충전된 배터리가 급속도로 닳아가는 듯했다.

"선생님, 이 녀석 다음 주부터 보낼게요. 빡세게 굴려주세요."

꼴통 2호 추가요! 단콤 쌉싸름한 초콜릿을 베어 문 듯 모니카
는 미소 지었다. 이게 소위 영업 미소란 걸까. 나도 그새 많이 늘
었네. 홍민은 잽싸게 휴게실로 줄행랑쳐버렸다.

고맙게도 홍민 엄마의 소개로 원생이 한 명씩 들어왔다. 그래,
대박을 바라진 않는다. 티끌 모아 태산이잖아. 모니카는 집에서
거울을 보며 대충 자르고 마는 악성 곱슬머리를 한 달에 한 번은
홍민 엄마에게 맡겼다. 첫인상과는 달리 갈수록 잇속 빨라 보이
는 홍민 엄마가 백 프로 호감은 가지 않았지만, 그 반감은 차츰
고마운 마음으로 상쇄되어갔다. 전단지를 수천 장 돌리는 것보
다 한 사람 입소문의 위력은 비교가 될 수 없었다. 비록 그 고마
움이 점차 부담으로 변모해갔지만, 홍민 엄마는 모니카의 생애
첫 비즈니스에서 귀인이 되었다. 한 달에 한 번이던 미용실 방문
은 두 번으로 바뀌었고, 모니카는 소위 VIP 고객이 되었다. 서비
스를 받는 데 익숙하지 않았던 그녀의 불편한 마음은 어느덧 나
긋나긋해져 갔다. 이것도 고객관리지. 아니, 학부모 관리겠다.
더구나 미용실은 동네 엄마들의 참새 방앗간이잖아. 갖은 교육
정보들과 뒷담화로 파티가 끊이지 않는 곳 아닌가. 낯을 가리는

그녀였지만 한편으로는 살면서 마주칠 일이 없었던 다양한 인생들을 마주하고 엿볼 수 있는 시간을 즐기게 되었다. 시장통 생선가게 사장님부터 그녀의 직계, 방계 친족까지, 학교 어느 선생님, 어느 반 아이 엄마, 그녀의 남편 직업에다, 누구네 엄마 시댁참외 출하량까지 TV <생생정보> 프로그램이 따로 없었다. 모니카는 느긋이 누워 머리를 만 채 눈을 감고 자장가를 듣듯 그들의세계로 빠져들었다.

신축 아파트 단지에 입성한 졸부들과 지구 개발로 소외된 동네 터줏대감이 어우러진 가운데 그들 사이엔 미묘한 균열이 보였다. 절대 섞이지 않는 물과 기름처럼. 시장통에서 오랫동안 생계를 이어온 아주머니들은 한결같이 잘 풀리지 않고 오래가는 꼬부랑 수세미 파마를 했다. 여름이 시작되면 주말마다 시댁으로 출동해 참외 출하 작업을 도와야 한다고 푸념하는 아줌마들은 느슨하게 굽실거리는 내추럴 웨이브를 감았다. 그들이 기를 못 펴고 그 호출에 응할 수밖에 없는 이유는 시댁의 돈줄이었다. 비싼 머리를 하면서 스트레스를 푸는 아줌마들을 보며 모니카는 어렴풋이 수긍할 수밖에 없었다. 어떻게 보면 결혼이란 독립적인 개체 간의 만남이 아닌 비즈니스라는 걸. 서로의 집안이 개입하고 계약을 맺는 가업이라는 걸. 모니카는 자신이 결혼은 사랑의 종착점이란 환상을 먹고 자란 마지막 세대가 될지도 모른다고 여겼다. 어느 시인은 상처가 꽃이 되었다고 노래를 불렀는데 그녀에게 사랑은 는 상처였고, 끝내 꽃은커녕 딱지도 남았을 뿐이었다. 지금도 그 딱지를 살며시 떼어보면 신선한 피와 고름이 올라 올 것이었다.

홍민이네 미용실은 모니카가 발품을 팔아야 할 수고를 덜어주는 최적의 영업장이었다. 영업이나 마케팅에 문외한인 그녀에게 운이 따르는 듯했다. 노력과 의지를 무색하게 하는 운이란 별. 그 운이란 게 반짝반짝 빛났다 꺼졌다 하는 고약한 변덕쟁이란 걸 모르는 게 차라리 다행이었을지도 몰랐다.

"그래도 어디야? 너 홍민 엄마한테 절 열 번 해도 모자라. 미용실 한다지만 엄마들한테 일부러 영업해주는 거 쉽지 않아. 자식 맡기고 잘 봐주길 바라지만 그거야 무료로 네가 가르치는 것도 아니고. 딱히 본인한테 쏠쏠하게 떨어지는 떡고물은 없잖아."

전화기 너머로 안경을 콧잔등으로 쓸어 올리는 지해의 제스처가 보이는 듯했다. 음, 듣고 보니 그랬다. 역시 지혜로운 구지해 여사님이셔. 또래보다 혜안을 가진 지해를 처음 본 순간 모니카는 끌렸다. 친구의 대학 동기였던 그녀가 베프가 된 셈이었다.

내향적이며 사색적인 둘은 코드가 맞았다. 만나면 예쁜 옷을 보러 돌아다니거나 맛집을 찾아 헤매는 일은 둘에겐 먼 얘기였다. 그들의 관심사는 단순하고 고루했지만 둘은 충만했다. 카페에 앉아 최근에 재미있게 읽은 책에 대해, 영화에 대해 시간을 잊은 채 토론했다. 그 공유하는 시간이 없었다면 힘겨웠던 그들의 시간은 여위어만 갔을 것이다. 그 시간이 있었기에 둘은 서로의 아픔을 보듬어 줄 수 있었고, 서로 눈가의 잔주름을 보아가며 웃을 수 있었다.

상상 속에선 수없이 일어났지만, 상상 밖에선 절대 가능하지 않다고 생각했던 일이 일어났을 때였다. 모니카는 폭설에 갇혀 몸통과 사지가 마비된 채 그 나날을 보내야 했다. 숨을 쉬기조차 힘든 날이면 80년이나 된 오래된 흙집 구들방에 몸을 누이며 밤을 지새웠다. 그 밤은 유난히 길었다. 마당에서 잠 못 이루는 귀뚜라미가 애타게 신호를 보내왔다. 도시 외곽에서 과수원을 하며 몇 대째 살아온 부모님과 함께 사는 지해 집을 방문할 때면 가보지 못한 시골 친척 댁을 가는 것 같았다. 편안하고 아늑했다.

"엄마를 만난 건 행운이지 않아? 평생 엄마 없는 고아로 살려고 했냐, 만족할 줄 알았어?"

오랜 침묵 끝에 지해는 정곡을 찔렀다. 모니카는 변명이라도 해야 했다. 그것만이 최선의 방어였다.

"그럼 왜 버렸어? 이렇게 찾을 거면. 웃기지 않아? 난 잘 모르겠어. 엄마란 사람과 어떻게 지낼지. 재혼도 했다는데."

달구어진 방구들에 뜨거워진 등을 일으키더니 지해는 모니카의 이마를 쓰다듬었다.

"순리대로, 네 마음 가는 대로 해. 널 상하게 하지 말고……."

지해의 그 한마디에 모니카는 늘 안식을 얻었다. 몰아쉬던 호흡이 느려지고 말캉말캉해졌다.

가짜 CCTV는 용범 아빠의 아이디어였다. 어느 날 용범을 픽업하러 세차장에 갔을 때였다. 기름때 범벅인 수건으로 공구들을 손질하고 있던 용범 아빠가 눈에 들어왔다. 주위에 조언을 구할 어른들이, 특히 남자가 없다는 아쉬움에 모니카는 용범 아빠에게 먼저 다가가 덜컥 인사했다. 보안 문제만큼은 남자들 전문이라 머리를 굴리며 모니카는 용범 아빠에게 용기를 냈다. 그러자 용범 아빠 뒤로 불현듯 후광이 솟아났다. 오늘따라 용범 아빠가 멋져 보이네.

"아버님, 안녕하세요?"

"아, 영어 선생님이네. 용범이가 아직 안 나왔는데, 좀 기다리
셔야 할 듯요."

"저, 아버님…… 여쭤볼 게 있는데요."

용범 아빠의 눈빛이 돌연 진지해졌다.

"왜, 용범이가 꼴통 부립니까?"

학원 복도에서 벌어진 질펀한 술 파티 현장에 대해 우려가 잔
뜩 섞인 모니카의 하소연을 듣고 난 용범 아빠는 CCTV를 다는
게 어떠냐고 제안했다. 생각해보지 않은 건 아니었다. 모니카는
건물주가 별로 호응하지 않을지도 모른다는 생각이 머리를 스쳤
고 괜히 경찰에 신고해 큰일로 만드는 게 편치 않았다. 그냥 좀
부지런 떨며 그때마다 청소하는 게 맘 편할지도 모른다는 결론
을 내린 터였다.

"선생님, 잠깐요. CCTV 설치하는 것도 돈이 꽤 드니까 제가 가짜 하나 구해드릴 테니 벽에 대문짝만하게 CCTV 설치라고 문구만 써서 붙여주세요. 돈도 아끼고, 효과 만점일 겁니다."

"네? 어머, 정말 굿 아이디어예요, 아버님."

헬로, 레이나 티처

"원장님, 이거 제가 가지고 온 건데 좀 드세요."

비품실에서 교재정리를 하느라 쪼그리고 있던 모니카는 끙하며 허리를 폈다. 브레이크가 필요해. 좀 쉬었다 하자. 고개를 돌리니 상담 테이블이 알록달록 화단이 되었다. 그녀의 눈이 동그래졌다. 김밥, 계란말이, 다이아몬드형으로 깎은 과일이 정갈하고도 먹음직스럽게 손짓했다.

"이게 뭐예요, 선생님?"

수줍은 듯 망설이는 신입 보조 강사의 얼굴이 해맑았다.

"원장님과 함께 먹으려고 집에 있는 과일이랑 이것저것 좀 담아왔어요. 드셔보세요."
"어머, 김밥 너무 맛있다. 난 태어나서 이런 거 한 번도 만들어본 적 없는데."
"아, 김밥은 당근 우리 엄마 솜씨예요. 그래도 이 쿠키는 제가 만들었어요."

암팡져 보이는 쿠키를 한 입 베어 무니 문득 이유 없이 행복해졌다. 얘, 사회생활 할 줄 아네.

교습소 뒤편 8차선 도로와 인접한 대학교는 특별한 것 없는 색채를 지닌 개발지구 안의 유일한 랜드마크였다. 서양식 건물로 가득한 예쁜 캠퍼스에서 한 때 모니카가 좋아했던 드라마와 영화들을 찍었다. 어릴 적 화면에 비친 그 이국적인 풍경 속으로 거닐고 싶었던 그녀가 실제로 접한 캠퍼스는 그리 낭만적으로 보이지 않았다. 새내기를 제외하곤 우울한 그늘이 학생들의 얼굴에 드리워져 있었다. 미래에 대한 고민일까. 젊음에서 배어 나오는 우수의 그늘일까. 눈을 떠 보니 코앞에 다가온 다소 부담스러운 밀레니엄을 얘들은 어떻게 놀까. 흴, 새친년이디. 졸업하고 취직하고 결혼할 수 있을까. 나도 N포 세대에 합류하려나. 아님, 세상이 펑펑 따 대는 장밋빛 샴페인을 나도 쪼금 맛이라도 볼 수 있으려나. 낭만적인 유럽풍 건물 뒤로 그들의 불안이 안개처럼 피어오르는 듯했다. 모니카는 학교 정문을 지날 때나, 퇴근 후 지하철 안에서 지친 듯 졸고 있는 학생들을 볼 때마다 기분이 가라앉곤 했다. 그녀가 가장 예뻤을 때 걸었던 캠퍼스에서 잠시 부풀었던 희망이었던 풍선이 서서히 쪼그라드는 걸 보았을 그 순간과 별반 달라진 게 없는 듯했다.

젖혀진 검은 거대한 철제 게이트를 들어서니 그날도 안개가 자욱했다. 발에 감기는 안개를 헤치며 등교하는 하루가 이젠 일상 같았다. 어제도 화끈하게 한판 터뜨렸네. 우리 과 선배들도 나갔나. 신입생이 되자마자 운동권으로 줄줄이 낚인 과 동기만 해도 꽤 되었다. 모니카는 열정적으로 외쳐대는 선배들의 동아리 홍보 행렬로 넘쳐나는 캠퍼스가 좋았다. 그들의 빛나는 눈동자들이 유난히 친절해서 잠시 희열도 맛보았다. 곧 무심한 일상이 대학 생활에 대한 환상과 기대를 걷어갔다. 그 무심한 일상이란 매일 최루탄 연기를 들이마시며 매운 눈을 비비며 등교하는 시간을 의미했다. 임신하긴 글렀군. 그럼, 엄마도 못 되는가. 선배 언니들이 하는 말을 지나기며 들었을 내조사 별생각이 없었다. 최루탄 연기를 많이 흡입하면 불임이 된다는 호들갑들. 이런저런 동조와 불평들. 그냥 모니카는 지겨웠다. 인문대학 바로 앞에 면한 광장에서 하루가 멀다고 열리는 집회에 한쪽 귀를 막으며 마이크를 들고 강의하는 노교수, 집회 투쟁 구호와 맞서 필사적으로 노쇠한 목청을 올리는 교수의 윙윙대는 마이크 소리를 놓치지 않으려고 끄적대는 학생들, 그들의 가늘게 뜬 눈. 신입생이 감당하기엔 형이상학적인 일상이었고 세계였다. 4월이었고, 잔인한 달이었다. 영문학 수업에서 읽은 T.S. 엘리엇의 「황무지」가 실제 버전으로 나른하게 낭독되고 있었다.

아이들이 채우지 않은 교습소는 휑했다. 교습소치고 꽤 넓은 평수를 혼자 관리하려니 이내 번 아웃이 왔다. 청소하고 비품을 채우고 수업 준비를 하고 홍보까지 해야 하는 일들이 꼬리에 꼬리를 물었다. 해내도 해내도 끝이 보이지 않는 일에 압사당할 위기감이 든 어느 오후, 그녀는 곰곰이 생각했다. 의지만 있으면 뭐 하나. 몸이 따라줘야지. 매달 병원까지 들러야 하는데 혼자서만 이 덩그러니 크기만 한 실속 없는 교습소를 운영해나갈 자신감이 날이 갈수록 옅어져 갔다. 그래, 마침 코앞에 대학교도 있으니 보조 강사를 구해야겠다. 모니카는 컴퓨터 전원을 켰다.

구직 사이트에 광고를 올린 지 일주일 안에 대여섯 명의 지원자가 다녀갔다. 아르바이트를 구하는 학생이 이렇게 많을 줄이야. 체력이라면 명함도 내밀지 못하고 지병까지 있던 그녀도 학창 시절에 아르바이트라면 서러울 만큼 했다. 대학을 겨우 마치고 어학연수를 다녀오고 학원에 취직해서 아이들을 살살 가르쳐 온 게 그나마 제대로 된 사회생활이라 할 수 있었다. 그녀보단 배가 덜 고프고 덜 고단하게 공부하며 청춘을 즐기리라 여겼지만, 아직 배고픈 청춘들이 많았다. 하루를 살아내느라 고달팠던 청춘의 그녀는 취미나 자기 계발은 꿈도 꿀 수 없었다. 유일한 취미는 독서였다. 책 속에는 다양한 직업을 가진 인물들이 등장했다. 그녀가 강인한 남자로 태어났다면 동경했을 일를 간접 경험해보며 꿈에 젖었다. 선장, 테러리스트, 나쁜 놈 때려잡는 강력반 형사, 조직 내 잠입한 언더커버. 유독 리얼리스트와는 거리가 먼 직업들에 매력을 느꼈다.

"테러리스트도 직업이냐?"

지해가 낄낄거렸다.

"응, 목숨 걸면 다 지엽 이상이야. 낭고하시."

체 게바라는 가슴속엔 불가능한 꿈을 꾸되, 리얼리스트가 되라고 하지 않았던가. 막연하고 한편으론 귀신 씻나락 까먹는 소리처럼 들렸지만, 그의 어록은 쉽게 잊히지 않았다. 어쨌거나 그냥 읽어도 읽어도 너무 멋진 말이었다.

첫 주자로 인터뷰한 졸업생이 결국 낙점되었다. 날래지 않고 들떠 보이지도 않은 그녀의 인상이 마음에 들었다. 아이들을 가르친다고 마냥 팝콘처럼 통통 튀어버리면 이 바닥에선 오래 버티기 어렵다는 것을 모니카는 경험으로 알았다. 적당한 절제력과 냉정함이 조화를 이루어야 했다. 건너편 K 대학을 졸업한 취준생인 그녀의 전공은 중국어였다. 아이들에게 영어를 가르칠수 있겠냐는 우려 섞인 모니카의 말에 그녀는 모든 길은 아직도 영어로 통한다는 현답을 내놓았다. 이 나라에서 영어를 제외한모든 외국어는 제2외국어일 뿐이라 수요가 별로 없기에 당장 전공을 살려 취업을 하긴 어려운 실정이라 했다. 그래, 취업이 우선이지. 팍스 아메리카나가 팍스 차이나가 되기엔 아직 요원하지. 무엇보다도 모니카는 그녀의 단단한 눈빛이 마음에 들었다. 양 입꼬리가 살짝 올라가는 그녀의 미소는 적당한 방어 태세를 비축하면서도 너그러이 상대에게 널려있었다. 특별히 거리낄 게 없고 구김 없이 살아온 이만이 지을 수 있는 미소였다.

그녀가 모니카의 마음에 점을 찍었듯 이렇게 맛난 점심을 함께하다 보니 그녀를 처음 인터뷰 한 날이 떠올랐다.

"여기는 교습소라서 사실 강사를 따로 모집할 수 없어요. 사정이 그러하니 선생님도 이해해주셨으면 해요. 학부모들은 교습소니, 학원이니 하는 개념이나 명칭을 구분하거나 신경 쓰지도 않지만, 법이 그러니 선생님도 알아주셨으면 해요."

영어 이름이 '레이나'라 했다. 영어를 가르치는 강사들은 적어도 직업상 영어 이름으로 활동해야 하는 규정 아닌 규정이 있었다. 모니카는 그 규정이 오히려 맘에 들었다. 영어 이름을 짓는 행위는 태어나며 주어진 이름이 아닌 내가 선택한 또 하나의 인격을 만들어냈다. 내가 갖고 싶은 나만의 이름을 선택하는 매력적인 작업이었다. 모니카는 가톨릭 신자였던 부모님에 의해 주어진 세례명이었다. 육감적인 이탈리아 배우 모니카 벨루치,

1과 내 삶에도 명작이 될 수 있을까

시트콤 <프렌즈>의 주연인 극 중의 모니카, 모두 그녀가 좋아한 캐릭터라 영어 이름으로 싫지 않았다. 레이나는 외동답지 않게 싹싹했다. 형제들 틈에서 자란 친구들처럼 눈치가 빠르고 곰살 맞게 사회생활에 적응했다. 그러면서도 사랑받을 줄 알고 적당히 상대의 요구에 응하는 법을 이미 깨우친 듯했다. 모니카는 홀로였던 만큼 철이 빨리 들 거라는 타인의 기대에 맞추느라 응석한 번 부리지 못했던 어린 시절을 새삼 돌아보았다. 외동이지만 레이나에겐 형제들이 많은 집 안 맏이의 품새가 배어 있었다.

"선생님은 뭐든 잘하네, 야무지게. 일도, 연애도 단단하게 꾸려갈 것 같아요."

"저도 여기서 많이 배우고 있어요. 원장님도 잘해 주시고. 운이 좋아요."

레이나는 수업 교구로 쓸 플래시 카드며, 각종 게임 자료를 만들고 있었다. 그녀의 부지런한 손놀림에 앙증맞으면서도 실용적인 교구들이 도깨비방망이 휘두르듯 쏟아져 나왔다.

"아이들이 수업을 재미있게 하겠네요. 선생님 덕분에. 어쩜 이렇게 손이 야무질까! 난 손으로 하는 건 아무래도 자신이 없어서요."

레이나의 양 볼에 홍조가 어렸다. 칭찬은 레이나를 춤추게 했다. 레이나의 손놀림에 리듬이 더해갔다.

"취미로 동화구연, 종이접기, 교구 제작 같은 걸 배워둔 게 이렇게 쓰일 줄은 몰랐어요. 제가 뭘 배우는 걸 좋아해서요. 이런저런 잡기들을 들쑤셔봤어요."

"레이나 샘, 샘이 원장 하는 게 맞겠다. 우리 바꿀까요? 호호."

밀레니엄이라며 여기저기 축포를 울리던 세상은 별로 달라진 게 없었다. 뛰는 물가, 줄어만 가는 일자리, 아이들의 새처럼 좁은 어깨엔 종일 무거운 백팩이 어부바를 하고 있었다. 아이들의 백팩에 짐을 하나 더 얹기 위해 모니카도 쥐덫에 뛰어든 셈이었다. 무인도를 제외하고 대한민국 방방곡곡엔 학원이 널려 있으니 사교육 시장의 독잇독 게임은 사그라들 줄 몰랐다. 학원이라곤 구경조차 해 본 적 없던 그녀가 사교육 시장에 뛰어든 건 선택의 여지가 없어서였다. 배운 게 도둑질이라더니. 가르치는 게 적성이라고 생각한 적도, 멋져 보인 적도 없었다. 모범생의 범주에서 벗어나 본 적은 없던 그녀였지만 학교 선생님에게 호감 가져보거나 그 직업을 동경해보진 않았다. 단지 안정적인 테두리 안에 들어가고픈 열망에 교사직을 택했다. 교직 이수를 하고 교생

실습을 나간 그해에 교사에 대한 꿈은 접고 말았다. 꽉 짜인 틀 안에서 움직이기엔 그녀의 영혼은 자유로웠다. 학교라는 조직의 톱니바퀴 안에 딱 맞게 끼어 돌이기며 인징을 느끼시엔 그녀는 생각이 많았다. 딱히 아이들을 좋아하거나, 숭고한 책임감을 가져 본 적도 없던 그녀가 어느새 아이들에게 영어를 가르치고 있었다. 호의도 친절도 아닌 영리의 목적으로 아이들을 가르치게 되었다니……. 창의적인 수업을 맘껏 할 수 있다는 크나큰 이점이 있었지만 무거운 백팩으로 처진 양어깨를 하고 신발 가방을 질질 끌며 교습소 문을 힘겹게 여는 아이들의 얼굴을 마주해야 했다. 그때마다 모니카는 틈만 나면 비집고 올라오는 가책을 씁쓸하게 삼켜야 했다.

"저, 원장님. 오픈 이벤트 하셨나요?"

"딱히. 이래저래 일이 많아서 접기로 했어요. 인근 상가에 선물 돌리고, 전단 뿌린 게 다예요."

"제가 생각해봤는데요. 오픈 이벤트로 영어 연극을 해 보면 어떨까요? 아이들 모집해 연습시키고 학부모도 초청하면 효과가 있을 거 같아요. 연극에 참여한 아이들은 교습비 혜택을 내걸고요."

"굿 아이디언데, 연극지도 하고, 애들 연습시키는 것도 장난 아닐 텐데요."

"원장님, 저 이래 봬도 한때 연기에 관심 있어 연기학원도 다녔어요. 발성법도 배웠고요. 제가 잡기에 능하다고 말씀드렸죠? 스크립트 짜서 제가 지도해 볼게요."

안도와 희망의 물결로 모니카의 가슴이 벅차올랐다. 레이나는 한쪽 눈을 찡긋하며 방울토마토를 오물오물 터뜨렸다.

『아기 돼지 삼 형제』 대사가 그리 많지 않은데다 단순 반복으로 구성된 대본, 소수의 등장인물로 아이들이 연습하기에도 적격이었다. 전단을 보고 들어온 아이 다섯 명과 한 달 내내 씨름하는 레이나는 열정이 넘쳤다. 흉악한 늑대 역을 꺼리는 아이들 때문에 레이나는 털북숭이 무거운 늑대탈을 써야 했다. 그 덕에 그녀는 탈모에다 정수리 땀띠로 시달려야 했다. 배역을 맡지 못한 아이는 오프닝 내레이션을 맡았다. 부모에게서 독립한 삼 형제가 지은 각자의 집이 늑대의 공격을 당하는 장면을 실감 나게 연출하는 것이 관건이었다. 볏짚, 통나무, 벽돌집이 신나게 무너지고 날아가는 장면이 하이라이트가 될 터였다. 레이나는 잠시 휴식하며 후 한숨을 내쉬었다. 바나나 우유 빨대를 입에 문 채 스크립트를 놓지 않는 레이나에게 모니카는 손수건을 건넸다. 탈을 쓰고 흘린 땀으로 레이나의 앞머리가 이마에 달라붙어 있었다.

"늑대는 곧 인생이 위협, 난제를 상징하는 게 아닐까요? 아이들도 꺼리고, 연극에서 유일한 빌런이잖아요."

"음…… 원장님, 그렇게도 볼 수 있겠네요. 색다른 해석이네요. 재밌어요!"

"어른들이 프레임한 잔인한 현실이지. 공부 잘하고 똑똑하면 막내 돼지처럼 인생의 난제를 어떻게든 풀 수 있고, 성공할 수 있다는 잔인한 희망? 동화는 원래 민낯이 잔혹하잖아. 물론 지혜로운 자가 역경을 이겨낸다는 게 메시지겠지만, 꼭 지혜나 지식이 인생을 해결해주는 건 아니잖아요."

레이나는 씁쓸하게 입가에 묻은 우유 방울을 톡톡 두드렸다.

"아이들에게 공부가 곧 성공이란 메시지를 주입하는 게 아닌가 우려되네요. 공부 못하면 짚이나 나무로 지은 집에 살고, 공부 잘하면 벽돌로 튼튼하게 지은 집에서 안전하게 산다. 부모들이 늘 아이들에게 다그치는 말이잖아요."

"하하, 어렵죠? 내가 괜한 얘기를 했네요."

"정말이에요, 원장님. 갈수록 어려워요. 무언가 정답도 없는 것 같고……."

"내가 괜히 심각했나? 좋은 쪽으로 생각해요. 아이들도, 학부모도 즐기고. 덕분에 원생도 모집하고. 소기의 목적만 달성하면 끝. 저기 봐요. 애들이 영어로 연극까지 하는 걸 보는 학부모들. 꽃구름 탄 얼굴이잖아요."

이런 강사가 어디 있을까. 난 운이 참 좋아. 모니카는 한 달간 고생한 대가가 넝쿨째 굴러들어오는 상상으로 찌뿌둥한 몸이 날아갈 듯했다. 그녀는 강사를 하던 시절, 시키는 것도 제대로 하지 않고 불만을 달고 사는 동료 강사들을 수없이 보았다. 원장은 수업 외에도 온갖 잡무를 시키는 동시에 강의료는 최저로 주려고 악착을 부렸다. 사교육 시장엔 스승과 제자가 없었다. 철저히 오가는 돈과 서비스만 있을 뿐이었다. 진상 학부모와 무기력한 학생들에다 스크루지 원장의 조합은 어딜 가나 피할 수 없었다. 그 시스템을 나와 제 일을 하기로 마음먹은 모니카의 유일한 병기는 용기였다. 아니, 정확히 말하자면 오만이었다. 어떻게 되겠지. 이런 꼴 안 보고 내 일 할 거야. 난 더 잘할 수 있어. 망해도 내 일하다 망하면 후회는 없을 거야. 질끈 묶었던 퇴사용 캐치프레이즈가 너덜너덜해질 때까지 달리리라. 아니, 난 망하지 않아. 그녀는 레이나에게 다가오는 추석에 보너스를 두둑이 챙겨주리

라 마음먹었다. 돼지 분장을 한 아이들이 늑대에 쫓기며 즐거워
하는 소리가 건물 전체를 울렸다.

"꺅, 저리 가! 미친 늑대야."
"오, 마이 갓! 영어로 해야지. 인 잉글리쉬!"

통통 튀는 아이들의 에너지에 오랜만에 모니카의 가슴은 울렁
거렸다. 후우…… 늑대의 강력한 입김에 쓰러지는 허접한 세트
장에 엄마들은 박장대소했다. 아이들의 대사 하나, 몸짓 하나에
도 눈물이 나도록 배를 잡았다.

"선생님, 이런 이벤트 매달 하면 안 될까요? 너무 좋아요. 우리
재호 친구들 많이 데려올게요."
"아유, 어머니. 감사합니다. 최선을 다하겠습니다."

다과를 드는 엄마들의 입이 귀에 걸렸다. 천덕꾸러기로만 여
겼던 아이가 제법이라며 뿌듯해했다. 다들 레이나 덕분인 줄 모
르고…… 저 꼴통들 붙잡아 지도하느라 한 달 내내 열일한 레이
나, 대단했다. 모니카는 냉큼 무대 정리 중인 레이나를 학부모
쪽으로 데리고 왔다. 그냥 넘어갈 수 없었다.

"이 선생님께서 한 달간 아이들 연극 지도해주셨어요. 애 많이 쓰셨어요. 아주 실력 있고 좋으신 분이에요."

"어머, 우리 애 잘 부탁드려요, 신생님."

연극은 끝났다. 무대를 장악했던 돼지들도 물러갔다. 끓는 솥에 빠진 늑대도 잠잠해졌다. 마무리를 얼추 하고 모니카와 레이나는 건물 1층에 자리 잡은 식당으로 내려갔다. 둘만의 뒤풀이였다. 제풀에 지치지도 않고 부글거리는 해물 뚝배기를 마주한 레이나는 걱정스럽게 입을 뗐다.

"원장님, 연극한 애 중 몇이나 등록할까요? 구경 온 친구들 포함해서요."

"연극 반응이 좋았으니 당근 대박이겠죠. 선생님 덕분에. 걱정하지 말아요."

모니카는 끓어오르는 국물을 조심스레 한 숟갈 들이켰다.

"캬…… 국물 시원하다. 우리 소주 한 병 나눠마셔요."

레이나는 대신 맥주를 주문했다. 포말이 일며 유리잔 가장자

리를 넘을 듯 말 듯 맥주는 존재감을 과시했다. 해물 뚝배기에
맥주도 제법 잘 어울렸다. 소주를 좋아하는 모니카도 오늘은 바
람을 피워보고 싶었다.

"나도 맥주! 샘이 따르는 거 보니까 왠지 팍팍 당기네요. 오늘
은 특별한 날이니까."

둘은 살짝 입술이 부딪히듯 잔을 서로 터치했다.

"근데 다들 어째 감사한단 인사말 하나 없냐? 레이나 샘 고생
얼마나 했는데. 그 꼴통들 발성 연습시키고, 대사 외우게 하고,
연기 지도하느라 샘 혼이 나갔을 텐데. 부모들은 자기 애들이 잘
나서 다 해낸 줄 아나 봐요. 흥!"

모니카는 취기가 돌자 비로소 혀가 자유로워졌다. 애들 잘 부
탁한다는 말만 하던 엄마들이 떠오르자 새삼 서운했다.

"아이들이 열심히 했어요. 그냥 연극도 아니고 영어로 하는 거
라 더 힘들었을 거예요."
"영어든 한국어든 다 어렵지. 그러고 보면 인생 자체가 연극이

잖아요. 각자 맡은 배역이 좋든 싫든 해내야 하니까. 아이들 연극 보면서 문득 든 생각이…… 나 대신 저 사람이란 배역을 맡았더라면 좀 더 편하게 오지 않았을까, 안정되게 가지 않을까. 뭐, 이런 생각들. 부질없겠지만. 내가 오른 무대를 끝까지 완성할 수 있을까 하는 불안도 들고. 레이나 샘은 어떻게 생각해요?"

묵묵히 이는 맥주 거품을 지켜보던 레이나는 화들짝 놀란 듯 고개를 들었다. 지금껏 무언가 다른 곳에 온통 생각을 담근 듯했다.

"연기학원 다닐 때 지도해주신 선생님이 말씀하셨어요. 저마다 스타가 되려고 하는 것이 비극이라고. 인간은 태생적으로 타고난 그 비극 때문에 힘들 수밖에 없다고요. 연기를 해 보면 자신을 내려놓는 법을 깨닫는 데 직방이라고요."

"음, 일리 있는 말이네요. 내려놓아라. 나도 연기 한 번 배워볼까요? 어느 학원에 다녔어요?"

간판을 가리며 무성해져만 가는 창밖 나무를 우두커니 바라보던 모니카는 한숨을 내쉬었다. 저놈의 나무, 왜 하필 간판을 가리고 지랄이야. 너, 나랑 맞짱 한번 떠볼래? 애꿎은 한풀이 대상이 된 나무는 까딱도 하지 않고 보란 듯이 바람에 맞춰 웨이브를 넣고 있었다. 터를 잘못 잡았나. 오픈 준비를 하며 부풀어 올랐던 가슴이 차츰 숯덩이가 되어갔다. 풍선 속 헬륨가스를 마신 듯 걸걸한 다소 낯선 음성이 그녀의 목 깊숙한 곳으로부터 나오기 시작했다. 터를 잡기 전에 점이라도 봐야 했을까.

그녀가 자주 꾸던 꿈이 있었다. 두려웠지만 꿈은 현실과 오락가락하며 일상이 되어갔다. 어쩌면 꿈 덕분에 모니카는 무너지지 않았을지도 몰랐다. 꿈속에선 항상 미친 꽹과리와 북소리가 들렸다. 스무 살 대학 입학, 캠퍼스 생활에 들떠 둥둥 떠다니던 순간도 잠시, 벚꽃이 지듯 그녀의 몸은 무너져 내렸다. 스트레스 많던 고3 시절도 거뜬히 건넜던 건강했던 몸이 갑자기 반란을 일으켰다. 모니카는 이십 대, 삼십 대의 쓰러져가는 다리를 위태롭게 건넜다. 하나뿐인 딸내미를 뒤늦게 찾은 엄마는 타들어 갔다. 입·퇴원을 반복하다 지쳐가던 그녀를 일으켜 세우고 엄마는 굿판을 벌였다. 쓰러질 듯 서 있는 그녀의 가녀린 어깨 위로 무당의 시퍼런 칼날이 춤을 추었다.

"집터를 잘못 잡았네. 여기로 이사 오는 게 아니었어. 이 집에서 두 명이 죽어서 나간다. 할매 신 달래는 수밖에 없어. 내가 싫어하던 할마이가 계속 날 괴롭히네. 훠이, 훠이!"

저러다 손바닥이 닳아 없어지는 게 아닐까 싶도록 엄마는 두 손 모아 비볐다. 아픈 건 난데, 미안한 건 난데, 왜 엄마가 빌어야 해? 꿈속이 천둥으로, 무당의 칼춤으로 요란하게 울렸다. 할머니 싫어하고 무서워한 벌 받나. 무당이 내지르는 비수가 어린 그녀의 가슴에 산산이 박혔다. 결국 그녀는 살아남았다. 굿으로 할머니의 화를 달래줬기 때문일까. 아니, 나를 살리려는 엄마의 피눈물 때문이야. 꿈에서 깨어날 때마다 모니카는 얇은 입술을 깨물었다. 이마를 적시는 땀도, 텅 비어버린 가슴도 내버려 둔 채 모니카는 누워서 미동도 하지 않고 엄마와 늘 대화를 했다. 엄마, 나 오늘은 좀 괜찮아. 고소한 깨죽이 먹고 싶어. 오늘은 된장찌개가 먹고 싶네. 엄마, 울지 마. 나 때문에 힘들어하지 마. 나 빨리 나을게. 엄마랑 쇼핑도 가고, 여행도 갈 거야. 엄마는 늘 그녀 곁에 있었다. 한 번도 떠나 본 적이 없었다. 그녀가 부르면 대답하고, 딸의 잠든 얼굴을 내려다보며 한결같이 미소 지었다. 무당, 삼풀이, 엄마……. 오늘도 모니카는 베갯잇을 적시며 깨어났다.

"안녕하세요. 원장님 맞으시죠?"

차임벨 소리에 그녀는 문득 정신이 들었다. 점심 후 식곤증인지 깜빡깜빡 조는 습관이 어느새 반복되어갔다. 고개를 드니 화사하게 차려입은 중년의 여자가 두 아이의 손을 잡은 채 교습소 안을 둘러보고 있었다. 여자아이들은 뽀얗고 귀티 나 보였다. 딱 보아도 있는 집 애들이네. 이 아이들은 주눅 들지 않고 눈치 보지 않고 순수한 호기심으로 주위를 두리번거렸다.

"난 연지 엄마예요. 얘가 연지고, 얘는 다혜."
"어머, 상담하러 오셨어요. 이쪽으로 앉으세요, 어머니."

모니카는 일행을 창가 쪽 테이블로 안내했다.

"호호, 연지 반 친구 엄마가 소개해줬어요. 연극을 보러왔다가 선생님 인상이 너무 좋다고 해서요."
"네, 재호 엄마께서 소개해주셨군요. 환영합니다, 어머니."

간만의 신입 상담에 떨리는 가슴을 부여잡고 모니카는 정성껏 임했다. 자매란 겉으로 보기엔 우애가 있어도 시기와 경쟁으로 성장한다고 들었다. 느긋해 보이는 연지와 달리 다혜는 욕심이 많아 보였다. 언니에게 지지 않으려는 결의가 두 눈에 가득 차 있었다. 이런 아이들이라면 VIP지. 아빠가 의사고, 엄마는 의사 사모님에다 딸 전교 회장 만들어 학교에 들락날락하며 치맛바람

날리시고. 부담스럽긴 했지만 천박하지 않고 예의를 잃지 않는 연지 엄마에게 모니카는 호감이 갔다.

아니나 다를까 연지 엄마는 넝쿨째 굴러온 호박이었다. 소위 돼지엄마의 역할을 톡톡히 해냈다. 신학기에 전교 회장으로 선출된 연지 덕에 그녀의 아우라는 커져만 갔다. 연지 반 공부 좀 하는 아이들을 비롯해 단지 연지가 다닌다는 이유로 학교 아이들이 줄줄이 사탕으로 등록했다.

"레이나 샘, 연극이 헛고생은 아니었네요. 결국 연극 때문에 연지 엄마가 들어와 물꼬를 틀어주네요. 덕분에 선생님 수업하느라 힘들죠?"

"아니에요, 원장님은 수업에다 상담, 관리까지 더 바쁘시죠."

아이고, 말하는 것도 이쁘지. 말라서 쩍쩍 갈라진 논에 시원한 장대비가 쏟아지는 듯했다. 모니카는 교습소 오픈 이래 제대로 다리 뻗고 누운 적이 없었다. 쉼 없이 알을 낳으며 갇혔던 닭장에서 언젠가는 벗어나 자유로이 망망대해를 헤엄쳐 가리라 마음먹었던 시간이었다. 하지만 가도 가도 닿지 않는 수평선만이 보이는 바다가 어느 순간 그녀를 두렵게 했다. 그래, 이제 내게도 봄

날이 온 거야. 명절이 다가올 때면 연지 엄마에게 진상할 선물을 특별히 챙겼다. 아이들도 얼마나 예뻤던지. 질투는 만인의 힘이었다. 예쁜 액세서리, 옷은 물론이고 공부마서 서로 지지 않으려는 연지, 다혜 두 자매 덕분에 교실은 면학 분위기가 살아났다.

"원장님, 요전에 홍민이네 미용실에 머리하러 갔는데, 홍민이 어머님께서도 은근히 교습소 홍보해주시던데요. 홍민이랑 홍민이 어머님께도 뭔가 혜택을 줘야 하지 않을까요?"

어쩜, 레이나, 네가 원장감이야. 경영에 자질 있어. 제대로 뒤바뀌었네. 모니카는 통탄했다. 이럴 어쩔꼬······.

"어머, 그랬어요? 생각을 못 했네. 홍민 엄마가 서운해했담 어떡하지! 레이나, 고마워요. 말해줘서."

아파트 사랑방인 홍민이네 미용실엔 소소하지만, 알짜배기 정보들이 넘쳐났다. 고급정보가 거래되는 곳을 엄마들은 얄미울 정도로 잘 알아차리고 이용했다.

"지난번 참관수업 가셨어요, 홍민 엄마?"

새빨갛게 염색한 머리 꽁지를 흔들며 잡지를 뒤적이던 지수 엄마가 문득 생각난 듯 물었다. 홍민 엄마의 안색이 갑자기 어두워졌다. 설익은 감 씹은 빛으로 홍민 엄마는 마지못해 대꾸했다.

　　"응, 당연히 갔지. 오전 장사 접고. 연지 엄마 꼴 보기 싫지만, 우리 아들내미 보러 가야지. 녀석 수업 시간에 딴짓하는지도 감시하고."

　　"언닌 연지 엄마 별로인가 보네. 왜, 사람 괜찮던데. 의사 와이프라고 재지도 않고. 뭐, 그냥 있어도 튀는 스타일이잖아요."

　　"자기, 모르지? 내가 가게 한번 들르면 잘해 주겠다고 했는데 코빼기도 안 보이잖아. 의사 마누라라고 동네 미용실은 우스운가 보지? 시내 고급살롱에만 가고."

　　홍민 엄마는 비아냥대며 수북이 쌓인 머리카락을 쓸어 담았다.

　　"은근히 젠체하는 거 안 보여? 교습소원장도 껌뻑하는 거 못 봤지?"

　　"그야, 연지 엄마가 물어다 준 애들도 많고……."

　　"내가 교습소 홍보 계속해 준 건 뭐야? 와서 머리 한 번씩 잘라 주면 그게 다야?"

홍민 엄마는 정수기로 가서 물 한잔을 따라 벌컥벌컥 마셨다.
홍민이 이 자식 공부는 안 하고 또 방에 박혀서 게임만 하고 있
지, 내 요 녀석을. 슬금슬금 눈치를 보던 시수 엄마가 살얼음판
을 딛고 일어섰다.

"언니, 시장 입구에 아귀찜 맛있게 하는 집 생겼대. 아직 안 가
봤지? 가요. 내가 쏠게. 가게 닫고 점심 먹자."

"자기나 먹어. 난 입맛이 떨어져 별로야."

노, 노, 노, 잉글리시!

모니카가 처음으로 아이들을 가르친 학원은 꽤 규모가 있었다. 당시 브랜드 파워를 자랑하던 어학원 중 하나였다. 영어유치원을 메인으로 하고 단과반으로 구색을 갖춘 학원은 개원하자마자 기다렸다는 듯 원생들이 몰려들었다. 한 달 만에 정원을 채운 학원 교실들을 둘러보며 원장은 어깨춤을 추었다. 원장은 영어라곤 ABC밖에 모르는, 학습지 사업으로 잔뼈가 굵은 중년의 남자였다. 노처녀 교수부장에게 나팔수 역할을 맡기고 본인은 바지 원장으로 눌러앉기로 작정한 듯했다. 강사들 관리, 수업 커리큘럼, 학부모 상담, 관리까지 학원 전반적인 운영은 교수부장의 몫이었다. 비록 핫바지로 보이는 원장이었지만 제 손에 피를 묻히지 않아도 된다는 걸 아는 고수였다. 유능한 밑나니를 놓어 칼춤을 추게 하면 사업은 만사형통이라는 신조로 이따금 얼굴을 들이밀며 실실 오케이를 연발하는 일이 고작인 운이 좋은 사람이었다. 영어유치원을 차려 한 1, 2년만 굴려도 수십억은 남는 장사라는 직원들의 뒷담을 데스크를 지나치며 모니카는 들었다. 원장은 보기에 사업수완이 그다지 있어 보이진 않았다. 그 운이 계속 갈 수 있을지 모니카는 첫눈에 의심스러웠지만, 회식 자리에서 어눌한 듯 오버하는 원장의 제스처 사이로 언뜻언뜻 비치는 기민한 눈빛을 보는 순간 만만한 사람은 아니라는 경고를 읽을 수 있었다.

모국어도 깨우치지 못한 3세 꼬맹이 반 수업은 한 타임이 끝날 때마다 진이 빠졌다. 영어를 가르치는지 보육을 하는지 매번 고민하는 나날이 이어졌다. 유치부를 감당할 요령이 없었던 그녀는 수업이 갈수록 산으로 간다는 느낌을 떨칠 수 없었다. 호주, 영국, 캐나다에서 비싸게 공수해 온 강사들과 코 티칭까지 해야 하는 부담도 매번 버겁게 다가왔다. 각 클래스 진도 맞추기, 커리큘럼을 서로 알고 그에 따른 액티비티 조정하기 등 수업을 번

갈아 들어가기 전 원어민 강사와 머리를 맞대야 했다. 동의를 구하고 협업이 잘되는 강사도 있지만, 문제는 그들의 문화인지, 기질인지는 몰라도 커리큘럼에 얽매이기 싫다며 꼬장을 부리는 강사들이었다. 그들은 자기 방식으로 자유롭게 수업하기를 원하며 상대 한국인 강사의 의견을 무시했다. 게다가 무언가 특권이라도 가진 것처럼 행동했다. 무리도 아닌 것이 시급 당 계산되는 자신의 강의료보다 두 배나 가까이 높은 페이와 원어민 강사들이 누리는 혜택들이 특권이라는 걸 알았을 때 모니카가 느낀 건 모멸감이었다.

원장은 원어민 강사들의 월세뿐 아니라 각종 공과금까지 부담했다. 실장이란 젊은 남자를 수족 부리듯 해 그들이 거주하는 곳의 가전이나 설비 등에 관한 하자를 보고할 때마다 보내 해결하게 했다. 그들이 하는 일이라곤 별로 없어 보였다. 영어로만 진행해야 하는 수업을 매일 쉬지 않고 꼼꼼히 준비해야 하는 한국인 강사들과는 달리 그들은 수업 시간을 몇 마디 단순한 영어로 아이들과의 시간을 대충 보내는 듯했다. 한국인 강사의 거의 두 배나 되는 시급은 제쳐두더라도 쟤들은 백인에다 그냥 제 나라 말 쓴다는 이유만으로 날로 먹네. 모니카는 늘 되뇌면서도 눈을 마주칠 때마다 입을 찢으며 '하이, 아유 오케이?'를 기계적으로 반복했다.

그러던 어느 날이었다. 기녀와 로 피칭을 하는 로버트란 삭자가 모니카만 있던 강사실로 들어왔다. 호주태생인 로버트는 언뜻 보기에도 전형적인 히피 스타일이었다. 어깨까지 늘어진 곱슬머리, 물이 빠져 목이 늘어진 티셔츠에 그에 걸맞은 너덜너덜한 카고바지가 그의 유니폼이었다. 고향에서 온갖 직업을 거쳤다고 무용담처럼 늘어놓는 그의 첫인상은 순박해 보였다. 팬으로 피자를 10m 높이까지 던져 올려 뒤집는 TV 광고 모델도 했다며 뿌듯하게 젠체하는 모습이 귀여워 보이기도 했다. 점심 휴식 시간 바로 다음 수업을 들어가기 직전이었다. 강사실로 허겁지겁 들어온 로버트는 주머니에서 알약 같은 걸 꺼내더니 입안으로 잽싸게 털어 넣었다.

"로버트, 아유 오케이?"
"하이, 모니카. 유 워너 트라이 디스? 유 윌 필 굿."

뭐야, 뿅 간다고? 저 자식. 순간 모니카는 가슴이 쿵 내려앉았다. 문을 힘차게 닫고 나가는 로버트를 보며 쓸개즙이 치밀어 오르는 듯 입안이 썼다. 원장한테 꼬질러 말아, 자식. 좀 생겨서

좋게 생각했는데 쓰레기잖아. 어떻게 약을 먹고 아이들 수업에 들어갈 수 있지……. 그 후로도 모니카는 약을 하고 들어가는 로버트를 몇 번이나 분을 삭이며 지켜보았다. 그달 정기 회식 날을 노려 기회를 엿보다 그녀는 마침 옆자리에 앉은 교수부장에게 끙끙 앓던 속을 털어놓았다. 교수부장은 그야말로 뱀과 망나니가 합체된 캐릭터였다. 함부로 칼을 휘두르지 않았다. 모니카는 그런 그녀에게 한때나마 가슴이 찡한 적이 있었다. 그 감정이 무언지 헷갈렸다. 연민인지, 혐오인지 모를 야릇한 감정에 종일 멍했다. 그러다가도 순간순간 뒤집고 변하는 카멜레온 같은 그녀를 보면 목덜미가 빳빳해졌다.

정기 회식 날이었다. 1차로 고깃집에서 식사하고 2차로 호프집으로 자리를 옮겼다. 원어민 강사들은 늘 2차는 참석하지 않았다. 긴 시간 술을 마시는 분위기가 힘든 듯했다. 모두 숙소에 돌아가 쉬고 싶어 하는 기색이 역력했다. 그들에겐 회식이란 개념조차 낯설었다. 워라벨이 철저히 지켜지는 그들의 문화와는 사뭇 이질적인 한국의 밤 문화에 아직 적응되지 않아서일지도 몰랐다. 머지않아 심심한 천국이 아닌 재미있는 지옥을 그들도 맛보게 될 것이고, 어쩌면 중독이 될지도 몰랐다. 생맥주를 한 잔씩 하며 느긋해진 분위기를 엿보다가 모니카는 용기를 냈다.

밀고자로서 약간의 가책을 담아 꺼낸 모니카의 말을 교수부장은 단칼에 잘랐다.

"모니카 선생님, 소리 낮추세요. 그건 제가 알아서 처리할게요."

그녀의 눈동자는 바닥을 알 수 없는 검은 우물이었다. 늘 거리를 두고 홀로 주위에 해자를 둘러 판 채 꼿꼿한 그녀는 강사들 사이에서 두려운 존재였다. 한 올의 허점도 일절 보이지 않고 학원을 쥐락펴락했다. 바지 원장을 업고 꼿꼿이 활보하는 그녀는 귀찮고, 더러운 일을 능수능란하게 처리했다. 블루블랙으로 염색한 단발이 찰랑대는 소리와 또각또각 하이힐 소리가 로비와 복도에 울릴 때면 다들 수업하다가도 굽었던 등이 섰다. 마녀 납시셨군. 모니카의 지치고 나른했던 목소리엔 힘이 들어가고 온몸이 긴장했다. 결국 처리된 건 아무것도 없었고 학원은 그녀의 부드러운 칼날의 지휘 아래 하루하루 팡파르를 연주했다.

하굣길에 아이가 없어져 온 학원이 발칵 뒤집힌 날이었다. 아이 엄마가 울부짖으며 아빠의 품에 안겨 학원 로비에 들이닥쳤다. 그녀는 바닥을 구르며 히스테리를 부렸다. 영어유치원 수업이 끝나고 마땅히 셔틀버스를 타고 귀가해야 할 아이가 행방불

명이 되었던 것이었다. 아이를 찾아내라고 발을 구르고 제 옷을 쥐어뜯는 이성 잃은 여자를 보며 모니카는 멍해졌다. 그때 얼이 빠진 채 관망만 하고 있던 강사들을 가르며 아이의 부모 앞으로 교수부장이 나아갔다. 그녀는 냅다 무릎을 꿇고 머리를 조아렸다. 그녀는 몸담은 조직을 위해, 고용주의 이익을 위해, 무엇보다 자신을 위해 적재적소에 맞는 가면을 언제든 골라 쓸 수 있는 사람이었다. 매달 '수업 관찰 평가'라는 직무로 강사들의 수업에 들어와 뒷짐을 지고 매의 눈초리로 평가질하는 교수부장을 모니카는 증오했지만, 무릎을 꿇는 그 순간의 그녀는 어쨌든 대단해 보였다. 제대로 된 사회생활을 해 보진 않았지만, 그들이 말하는 짬밥이란 게 저런 거고, 비굴과 상처가 천 겹으로 밀푀유처럼 겹겹이 쌓이고, 아물어가며 사회인이 되고, 어른이 되는 것이라 어렴풋이 생각했다. 결국 아이는 셔틀버스 가장 뒤쪽 짐칸에 웅크러 잠이 든 채 발견되었고, 일일이 확인하지 못한 실수를 저지른 기사님과 등원 도우미 샘은 잘렸다. 뒤에 들은 얘기론 교수부장은 백화점에서 꽤 고가의 선물을 사 들고 아이의 집에 직접 방문해 다시 한번 고개를 조아렸다 했다.

아이들을 휘어잡고 좀 더 타이트하게 수업을 이끌지 못한다는 지적을 받은 모니카는 교수부장과 처음으로 독대를 했다. 내달에 할당된 그녀의 수업을 빼서 다른 강사들에게 넘기라는 지시를 받은 직후였다.

"부장님, 제 수업을 정확히 평가하신 건가요?"

치뜨지 않으면 반달처럼 꼬리가 처지는 눈을 교수부장은 일부러 시간을 끌며 뜨는 듯했다.

"모니카 선생님 수업은 김빠진 사이다 같아요. 틈을 주며 아이들을 지루하게 해선 안 돼요.

액티비티랑 게임도 다양하지 않고, 내가 하품이 다 나잖아요."

"아이들이 로봇인가요? 수업은 커뮤니케이션 아닌가요? 저는 수업이 쇼라고 생각하지 않아요. 차근차근 아이들 눈높이에 맞추어 기초를 닦아주는 게 중요하다고 생각해요. 스트레스 없이요. 숨 쉴 틈도 주지 않고 아이들을 몰아치는 수업은 저랑 맞지 않은 것 같네요. 그리고 강사들의 수업 색깔을 존중해주셨으면 해요. 각자 스타일이 다를 수밖에 없잖아요."

"모니카 선생님. 강사는 에듀테이너가 되어야 해요. 교육과 오락이 적절히 믹스가 되어야 한다는 말이죠. 가르치는 것만 하면, 그것도 지루하게 수업을 이끌면 아이들이 영어에 흥미를 느끼겠어요? 먼저 수업은 '펀'해야 해요. '재미'라고요. 아니, '펀'이 전부라고 해도 과언이 아니에요. 유치부 아이들은 놀며 재미있게 영어를 배워야 해요."

4세 반 수업을 하는 날이었다. 그날따라 왠지 환절기를 맞아 가벼운 감기 증상을 보이는 아이들이 꽤 보였다. 모니카는 걱정이 앞서 수업에 집중할 수 없었다.

"헤이, 가이즈! 아유 오케이?"
"노우! 낫 오케이."

아이들은 일제히 고개를 저으며 소리쳤다. '노우'는 유일하게 아이들의 악센트가 살아 있는 단어였다. 아이들은 '예스'보다 '노우'를 본능적으로, 자연스럽게 구사했다. 모니키는 아이들의 컨디션에 집중하며, 수업을 느슨히 이끌었다. 하필 재수 없게 오늘 같은 날 마녀가 지나가면 안 되는데……. 그때였다. 수업 초반부터 영 기운이 없어 보이던 사이먼이 갑자기 경기를 일으켰다.

"노우! 노우! 노우!……."

아이는 갑자기 교실 바닥을 굴렀다. 허공을 향해 머리를 굴리고, 발길질하고, '노우'를 연발했다. 모니카는 놀란 아이들을 모두 일어나게 하고 교실을 나가게 했다. 잔뜩 겁에 질려 울먹이는 아이와 급기야 울음을 터뜨리는 아이들로 나뉘었다. 사이먼을 진정시켜야 했다. 네 살배기 남자아이가 힘도 장사였다. 무언가 차곡차곡 쌓인 분노가 응축되어 온몸에 괴력이 생긴 듯했다.

"노 잉글리시! 노 잉글리시! 노우! 노우! 노우!⋯⋯."

순간 모니카의 몸이 얼어붙었다. 잠시 움찔했지만, 이 사태를 빨리 수습해야 한다는 이성이 앞섰다. 온 교실을 구르며 요동치는 아이를 젖 먹던 힘을 다해 껴안았다. 교수부장을 개입시키기 싫었다. 헬프미를 외치는 건 그녀에겐 마이너스를 의미했다. 바로 옆 놀이방으로 대피한 아이들은 뛰어놀며 곧 좀 전에 본 광경을 잊은 듯했다. 웃고 떠드는 소리가 들려왔다. 모니카는 가슴에 안은 사이먼의 등과 땀 찬 머리를 반복해 쓰다듬었다. 어릴 적 길고양이에게 물려 날갯죽지가 찢긴 비둘기가 생각났다. 여러 달을 집에서 다독이고 먹였다. 그 아이는 잘 날고 있을까, 지금도. 사이먼의 경련하던 몸이, 광기가 차츰 잦아들었다. 어느새 모니카의 품에서 잠이든 아이의 조그만 콧구멍에선 갸릉갸릉 온

화한 멜로디가 나왔다.

다음 날 모니카는 교수부장에게 면담을 요청했다.

"무슨 일이시죠, 모니카 선생님?"

블루블랙의 단발이 갑자기 소프트 브라운이 되어 일렁이고 있
었다. 웬일이야. 헤어스타일을 다 바꾸고. 뭔가 심경의 변화라도
일어났다. 직선과 무채색 톤으로만 코디하던 그녀가 갑작스럽게
여지를 주며 모니카의 허를 찔렀다. 모니카는 이야기가 좀 더 쉽
게 풀릴 거라는 기대감에 마음이 가벼워졌다.

"아무리 영어유치원이라지만 아이들에게 한국어를 못 쓰게 하
는 건 심한 것 같다는 생각이 드네요. 아직 인지발달 과정에 있
는 애들이 자칫 스트레스라도 받을까 걱정도 되고요."
"모니카 선생님, 새삼 무슨 말씀이세요? 우리 영어유치원은
한국에서 ESL 환경을 제공하는 최초이자, 유일한 곳이에요. 이
민이나 유학을 가지 않아도 현지 영어환경을 제공한다는 목표
가 차별점이에요. 학부모들은 그 이점 때문에 비싼 교육비를 기
꺼이 내는 거고요. 모니카 선생님도 입사할 때 그 규칙을 충분히

이해하고 동의했을 거라 생각하는데요."

모니카는 갑자기 목이 말랐다. 일어나서 정수기로 가 물 한잔
을 마시고 싶었지만 여기서 맥이 끊어지면 지고 만다는 생각에
목소리의 볼륨을 높였다.

"교수부장님 말씀이 일리는 있지만 제가 근무한 지 1년이 지나
며 느낀 건데 애들은 뛰어놀 때 언어를 의식하지 않고 행복해져
요. 자연스럽게 모국어를 쓰고, 사회성을 익히고요. 그런데 강제
로 모국어를 금지하고, 듣도 보도 못한 외국어만 강요하니까 정
서적 학대라는 생각도 들고, 지금이 일제 강점기도 아니고……."

이건 뭐 창씨개명이나 다름없지. 잔뜩 힘이 들어갔던 그녀의
목소리는 갈수록 저도 모르게 잦아들었다. 날이 선 마녀의 눈빛
을 마주하니 바위에 달걀 치기란 말이 떠올랐다.

"모니카 샘, 샘도 나도 교육학 박사가 아니죠. 절이 싫으면 중
이 떠난다는 말 들어보셨어요?"

모니카는 다음 날 출근을 하지 않았다. 더 이상 수업을 빼앗기

고, 원하지 않는 수업을 넘겨받고, 새로이 만난 파트너 강사들과 지겨운 신경전을 벌이지 않아도 되었다. 출근과 동시에 종일 그 매의 눈이 학원 구석구석 CCTV처럼 그녀의 영혼을 파헤쳐대는 지옥과 굿바이 했다.

불안은 영혼을 잠식한다

"원장도 초짜 같고, 뭐 알겠어? 홍민 엄마가 좀 도와주면 좋잖아. 홍민이도 더 신경 써서 봐줄 거고. 홍민 엄마한테 다 돌아오는 거야"

주리 엄마는 새로 출시된 꽤 비싼 웨이브를 감았다. 참외 출하 때만 되면 시댁에 군말 없이 충성을 바치는 그녀였다. 아무 때고 호출은 기본이며, 매년 참외 수확에 일손 하나 덜고자 며느리의 노동을 착취했다. 결혼하며 시댁에서 집이며, 차며 받은 게 많은

터라 목소리 한번 내지 못하는 주리 엄마를 보며 홍민 엄마는 처연한 마음도 없지 않았다. 하지만 때로 찾아오는 자괴감은 피할 수 없었다. 부러우면 지는 거라 했지. 주리 저것도 별수 없네. 저런 거지 같은 시댁 없는 내가 더 부자다, 흥. 하지만 곧 마음이 산란해졌다. 참관수업 때 연지 엄마가 휘감고 온 명품들이 눈에 밟히며 홍민 엄마의 입꼬리가 뒤틀렸다. 틈만 나면 미용실을 비우는 남편이 떠오르자 괜한 짜증이 치밀어 올랐다.

"근데 홍민 아빠는 또 안 보이네. 요즘 공사다망하시네."
"허리가 휘어지라 일하면 뭐 하나? 흥, 이제 가겟세 겨우 낼 만하니까 배가 부른 모양이지. 틈만 나면 놀러 다니네."
"설마 뭐 괜한 짓 하겠어?"

시골 출신의 홍민 엄마가 두시로 와 미용학원에 다니던 시절 만난 남편이었다. 손이 무딘 편인 그녀와는 달리 가위손이라는 별명으로 불리며 실력 있는 미용사로 촉망받던 남편에게 홍민 엄마는 적극적으로 대시했다. 홍민 엄마가 예기치 않게 임신하게 되자 둘은 미용실 보조로 일하며 밤낮으로 기술을 익혔다. 단칸방에서 시작해 차근차근 가게를 열고 비가 오나 눈이 오나 내내 둘은 붙어서 가위질을 했다. 사람 좋고 허당인 남편이 요즘 들어 자주 자리를 비우며 수상한 낌새를 풍겼다. 바람이라도 났나. 그간 먹고 사느라 하지 못하던 방황을 이제야 하나. 홍민 엄마는 걱정은 되었지만 그다지 바가지 긁는 스타일도 아니고, 일하다 보면 남편에 관한 관심을 흘려버리기 일쑤였다.

'홍민이만 신경 쓰면 돼. 아들 하나 잘 키워야지. 보라고, 명품 따원 필요 없어. 까짓것 의사 마누라? 흥, 홍민이 땜에 내 떵떵거리고 말테니까.'

휴일이었던 어제도 홍민 엄마는 기어이 오후에 가게 문을 열었다. 일하지 않으면 오히려 몸이 아팠다. 하릴없이 누워 TV만 볼 바에야 가게 문 열고 손님 하나라도 더 받는 것이 맘 편했다. 불안이 영혼을 잠식한다고, 습관이 된 불안 때문에 몸이 반응한다는 걸 그녀도 알았다. 종일 서 있으니 허리와 어깨가 늘 끊어질 듯 아팠다. 잠시라도 바닥에 등을 붙이고 있을 때마다 편두통에 시달렸다.

'홍민이 유학 보내려면 쉴 틈이 없어. 아직은 아니야. 아니, 멀었지.'

공부 머리가 없는 아들을 일찌감치 파악한 남편은 공부하라고 몰아대는 그녀가 불만이었다. 그런 아내와 사사건건 부딪치기 싫어 가게 일도 차츰 등한시하게 된 건지도 몰랐다. 부부가 함께 일까지 하며 24시간 붙어살아온 시간에 치여 홍민 아빠는 이제 야 숨을 쉬고 싶은지도 몰랐다.

"그래, 놀고 싶음 자긴 놀아. 난 우리 홍민이 유학 보내려면 한 푼이라도 더 벌어야 해. 자기도 양심이라는 게 있으면 가게에 잠 시라도 붙어 있든지."

'딸그랑.' 차임벨이 울리고 문이 열렸다. 말쑥한 차림의 남자 둘이 조심스레 가게 안을 살피며 들어왔다.

"어서 오세요. 이쪽으로 앉으세요. 일행이신가요?"

포마드로 깔끔하게 빗어넘긴 단정한 머리를 한 남자와 스포츠 컷의 남자를 보니 머리를 할 분위기는 아닌 듯했다.

신입회원 상담을 끝내고 한숨을 돌리니 모니카는 커피 생각 이 났다. 커피 믹스 봉지를 막 뜯어 종이컵에 부었을 때였다. 누

군가 계단을 올라오는 소리가 들렸다. 상담을 하고 간 학부모인
가 싶어 그녀는 마음을 졸였다. 혹시 마음이 바뀌어 등록을 취소
하러 발걸음을 돌리기라도 한 건가. 여전히 학부모 상담은 그녀
에게 어려웠다. 끊임없이 넘어야 할 산이었다. 모든 영업이 그러
하듯 상대방의 마음을 주어진 시간 안에 훔쳐야만 하는 프로가
되어야 했다. 사람의 마음을 훔치는 것만큼 세상에 어려운 게 있
을까. 여태껏 그녀에겐 초심자의 운이 유효했을지도 몰랐다. 선
무당이 사람 잡듯, 달콤한 첫 키스의 효력은 언젠가는 약발이 떨
어질 것을 알았다. 결국 원장의 상담력, 관리능력이 이 동네 구
멍가게 같은 교습소를 오래도록 운영할 수 있는 키였다. 가르치
는 재주에 비해 한참 모자라는 상담 능력을 탓해봐야 소용없다
는 걸 알고 늘 자책하며 학부모 앞에서 움츠러드는 그녀였다. 초
라한 상담력에도 불구하고 밀려오는 신입회원을 보며 돼지엄마
의 파워를 나날이 실감했지만 떨칠 수 없는 무력감은 안고 가야
했다. 그녀 같은 초짜 원장에게 연지 엄마 같은 고객이 들어오는
것도 모두가 누리는 행운은 아니라는 지혜의 말을 모니카는 얄
팍한 위안으로 삼았다.

　졸아든 가슴을 펴며 모니카는 고개를 들었다. 웬 남자 둘이 문
을 열고 들어섰다. 셰이빙 로션의 은은한 향기가 훅 공기를 점령

하며 그녀의 코를 자극했다. 뭐야, 신입 상담인가. 요즘엔 아빠들도 교육열이 높은가 보네.

"안녕하세요. 상담하러 오셨나요?"

짧은 미소를 주고받던 둘 중 머리 한 뼘은 더 큰 남자가 가볍게 고개를 까딱였다. 수트 차림에 파리가 미끄러질 정도로 구둣발에 광이 났다.

"원장님이신가요? 달서경찰서 강력계에서 나왔습니다."
"네?"

뭐야. 그럼, 형사들인가. 뜬금없는 방문, 초대받지 않는 손님. 10대 시절 코를 박으며 밤새 읽어댄 번역판 로맨스 소설의 제목들이 아른거렸다. 이 동네에 무슨 불미스러운 일이 터졌나. 탐문 수사 뭐 그런 건가. 그나저나 영화에서 본 형사들은 조폭같이 생겼던데, 이런 훈남들이라니. 자문자답에 가슴이 쿵쾅거렸다. 혹시 학원 아이들이 사고 쳤나, 아니, 범죄?

"뉴스나 신문에서 보셨는지 모르겠는데 작년에 일어난 사건입

니다. 2년 전 사건 목격자로 접수되었는데, 우여진 씨 본인 맞으
시죠?"

흐드러진 라일락처럼 여유로웠던 그의 눈빛에 막 숫돌 질을
끝낸 칼날처럼 날카롭게 힘이 들어갔다. 그녀의 뜀박질해대던
가슴이 차갑게 식어갔다.

"접수된 정보로는 목격자 한 분이 더 계셨던 걸로 아는데요."

두 해라는 시간이 열 번은 지나간 것처럼, 아니 그 너머 아득하
게 멀어져 있었다. 나만의 추억으로 간직하고 싶던 일기장을 찢
어버리고 새 일기장을 사고, 계절이 바뀌고, 사람들이 가고 오
고, 그녀는 어느덧 서 있었다. 영어 소설을 읽어가다 알듯 말듯
애매한 단어를 마주했을 때, 그냥 넘어가기보다 사전을 뒤져 기
어이 뜻을 알아내야 직성이 풀리는 그녀였다. 외국어를 하는 이
는 닫힌 조가비를 고집스레 하나하나 열어야 하는 숙명에서 벗
어날 수 없었다. 그 짐을 안고 가야 밑 빠진 독에 물질이라도 할
수 있었다. 애매한 감정으로 남아야 하는 순간이 싫었다. 그럼에
도 묻어버리고자 했던 그 순간이 갑자기 수면으로 떠올랐다. 무
방비 상태에서 허를 찔린 느낌으로. 순간 왜 얼굴도 몰랐던 아빠

가 떠오르는지 알 수 없었다. 눈, 코, 입 겨우 솟은 이모티콘처럼 그녀가 그려온 아빠 얼굴이.

밀어를 속삭이던 드라이브 길이 유난히 낯설게만 다가왔다. 가을이 짙어져만 가던 그날 눈앞을 덮는 단풍은 폭죽을 터뜨리며 흘러내렸지만, 침묵 속을 달리는 차 안 공기는 냉랭하기만 했다. 두 남녀는 얼어붙은 가슴을 겹겹이 싸 단단히 여민 채 공허하게 전방만 주시했다. 스위스 어느 마을에 온 듯 이국적인 호수를 따라 달리는 그 길은 연인들의 데이트 코스로 유명했다. 대학을 졸업하자마자 갖은 아르바이트로 모은 쌈짓돈을 털어 모니카는 어학 연수길에 올랐다. 한국인이 드문 아일랜드 시골을 선택했다. 밤낮으로 게걸스레 붙들어 온 영어였지만 그녀의 허기는 채워지지 않았다. 한국인을 보더라도 돌보듯 하리라는 굳은 결심으로 시작한 짧은 이국 생활은 그녀의 기대를 배신했다. 이미 영어에 고수인 듯 보이는 그는 그녀를 보자마자 적극적이었다. 문학을 사랑한 그녀의 기호를 존중하는 동시에 자극했던 그는 열정적이었다. 그는 어학연수를 마치고 외무고시를 준비할 계획이라며 오랜 꿈을 고백했지만 진중함은 부족해 보였다. 그의 문학뿐 아니라 철학, 경제를 아우르는 지적인 면모에 모니카는 끌렸다. 그녀가 보아온 나이 먹을수록 무뎌지는 한국 남자들과는 사뭇 결이 다른 사람이었다. 6개월이 지나 그들은 완벽한 연인이 되었다. 그녀는 이 연애가 끝이 없어 보이던 고달픈 청춘에 마침표를 찍어주길 내심 바랐다. 사랑은 믿음이라 되뇌며 그의 눈동자를 마주했다. 이토록 쉽게 완벽하게 찬란해져도 괜찮은가. 날이 갈수록 그녀의 태양은 일식과 월식을 오갔다. 의혹은 점점 싹을 틔웠고 행복해질수록 불안이 짙어졌다. 차라리 끝까지 함께해야 할 운명이라면 좀 더 용기를 내자는 결심을 했다. 누군가 말했듯이. 사랑도 용기라고.

　귀국한 둘은 각자의 일을 하면서 차츰 미래를 키워나갔다. 그는 모니카를 샅샅이 알고자 했고 그만큼 갈망했다. 그녀가 보호종료 아동 출신이란 것도, 홀로 헤쳐온 그녀의 거친 세상까지도 품어주려 했다. 하지만 그들이 함께하고자 하는 미래는 다른 문제였다. 그들이 함께 바라보던 유리창엔 하나씩 금이 가기 시작했고, 함께 숨 쉬며 나누어 왔던 공기에도 어느덧 이질적인 기운이 스며들기 시작했다. 실금은 메울 수 없는 깊은 금으로 퍼져만 갔고, 함께 호흡하던 공기는 걷잡을 수 없이 혼탁해져 그들은 서로의 숨통을 틀어막을 지경에 이르렀다.

　차를 세우고 그들은 즐겨 들르곤 했던 쌈밥집으로 들어갔다.

일요일 오후 교외 식당은 한적했다. 쌈 채소에 고기가 나오고 밥이 나왔다. 상추 위에 밥을 얹고, 고기를 얹었다. 그들이 쌓은 추억을 하나하나 포개어 싸듯 동그란 쌈을 입으로 넣었다. 오물오물 쌈밥을 기계적으로 씹는 소리 외엔 끝까지 침묵이 지배한 그들의 마지막 오찬이었다. 골짜기에 핀 한 송이 백합과도 같다고, 홀로 그윽하다고 그녀를 얼마나 찬미했던가. 모니카는 그랬던 그와 어찌할 수 없는 조건을 바라는 그의 부모에게 어떤 원망도, 후회도 남기고 싶지 않았다. 우리가 제법 침묵과 품위와 냉정이 버무려진 밥을 먹고 있어서 다행이야. 셔츠 소매를 걷고 고기를 굽는 그의 눈이 아닌 이마를 덮은 곱슬머리를 흘끗 보며 그녀는 생각했다. 하지만 그녀의 예측은 빗나갔다. 세상에 예의를 갖춘 이별이란 없는 법이었다. 만남과는 달리 이별은 한 생을 살아낸, 또 하나의 세포가 분열되기 전 벗어낸 허물일 뿐이었다. 그 허물이 허물대로 가치가 있다는 건 시간이 흐를 데로 흐른 뒤라는 길 알았지만 그들은 코앞에 닥친 순간의 이별을 해치우고자 각자의 배역을 서두르며 해나갈 뿐이었다.

돌아가는 차 안에서 고집스레 싸매어왔던 그들의 상처가 터졌다. 그들은 서로의 상처를 헤집고, 파고, 긁었다. 답 없는 날 선 논쟁은 돌고 돌아 서로를 공격했다. 그는 한숨을 내쉬며 운전대에 고개를 박았다. 인적이 없는 샛길에 차를 세우고 담배를 문채 그는 내렸다. 모니카의 뿌연 두 눈은 멍하니 어스름한 숲 사이로 빛나는 땅거미를 바라볼 뿐이었다. 두 눈동자를 가득 채웠던 안개가 서서히 걷히고 그녀의 시야에 풍경들이 들어오기 시작했다. 10미터쯤 전방에 차로 보이는 형체가 어스름한 빛 속에서 윤곽을 드러냈다. 앞이 비탈인 듯 차 동체가 45도 정도 기울어져 있었다. 아무도 없는 뒷좌석 너머 운전석에 사람이 있었다. 머리와 옷매무새로 짐작할 때 여자가 분명했다. 꽤 몸집이 큰 여자였다. 넓고 두툼한 상체가 운전대 앞으로 꺾인듯했다. 모니카는 갑자기 한기가 들었다. 처음엔 낮술을 퍼마시고 인사불성이 된 채 뻗은 취객이겠거니 했다. 잠시 엎드려 해장을 위한 단잠에 빠져들었거니 했다. 아무리 취객이라도 인적 없는 이 숲길에, 더구나 여자 혼자 남겨두고 외면하는 건 내키지 않았다. 담배 피우러 나간 그를 부르기도 달갑지 않아 그녀는 차에서 내렸다. 은은하게 걸려있는 오렌지빛 설익은 달을 바라보던 그는 두 개비 째 담배를 비벼 껐다. 무슨 일인가 그녀 쪽을 힐끗 보았다. 차 문을 탕 닫은 그녀가 말없이 전방에 서 있는 차로 걸어가고 있었다. 운전석이 가까워져 올수록 섬뜩한 확신이 모니카를 곤두세웠다.

이건 낮술로 뻗은 상황이 아니야. 운전석 문을 살며시 열었다.

만세를 부르듯 두 팔을 앞으로 드리운 채 여자의 머리는 맥없이 운전대에 얹혀 있었다. 모니카는 그녀의 두 배는 됨직한 여자의 팔 한쪽을 낚아채듯 들어 올렸다. 의료지식이라곤 없는 그녀였지만 본능적으로 여자의 손목을 뒤집어 맥을 재어보았다. 담배 향 섞인 숨결과 함께 그가 등 뒤에서 느껴졌다.

"신고해야 해. 이거 뭔가 사건인 것 같다. 자살이든, 타살이든. 112 눌러."

그녀는 숨이 가빠졌다.

"뭐 하고 있어?"

이마에 내 천자를 그리며 서 있을 뿐 그는 끝까지 그녀를 외면했다.

'개자식. 끝까지 몸 사리겠다 이거지? 그래, 오늘부로 끝이다. 귀찮은 일에 말려들기 싫은 사람은 네 길이나 가세요.'

그녀는 차를 향해 반대편으로 뛰었다. 가방에서 핸드폰을 꺼내 112를 눌렀다. 신호음이 두 번 울리고 바로 응답이 왔다.

"저, 여기……,"

"협조해주셔서 감사합니다. 이 사건은 묻힐 뻔했는데 캐보니 전형적인 보험사기더라고요. 전 남편이 내연녀랑 공모해 전 부인을 자살로 위장시킨 거죠. 어쨌든 목격하고 신고까지 해주셔서 이렇게 사건이 해결될 수 있었습니다."

사랑해서 이별하는 신파 찍고 있는 줄 알았는데 <수사반장> 찍고 있었네. 모니카는 일어섰다. 이 버거운 훈남 형사들이 빨리 교습소를 나갔으면 했다. 초대하지 않았던 그날도 그들의 구둣발에 묻혀 사라졌으면 했다.

"학원이 아담하네요. 아이들은 많습니까? 우리 꼬맹이도 영어 해야 하는데. 짜식이 공부 머리는 없는 것 같아요."
"네. 아직 오픈한 지 얼마 되지 않아서요. 뭐, 그럭저럭……."
"참고인 조사차 연락 갈 겁니다. 잠시 나와주시면 됩니다."

키가 큰 형사의 숨결에서 셰이빙 로션의 머스크 향이 더욱 짙게 그녀의 코를 훅 찔렀다. 그녀가 거부하는 향이었다. 그녀의 경험에 의하면 머스크 향을 좋아하는 남자는 감당할 수 없었다. 짙은 향내가 그녀의 속을 거슬리게 했다. 그녀는 앞장서 문을 열며 허리를 90도 숙였다.

"안녕히 가셔요. 감사합니다."
"하, 저희가 감사하죠. 또 뵐게요. 번창하시길 빕니다. 원장님."

다시 뵙고 싶진 않은 사이 아닌가. 마땅히 그래야지.

"원장님, 괜찮으세요? 형사분들은 가셨나요?"

교실 청소를 마무리하던 레이나가 동그란 눈을 치켜뜨며 나왔다.

"사실 궁금해서 엿들었어요. 원장님 대단하세요. 어떻게 그런 용기가……."

말을 잇지 못하는 레이나의 눈망울엔 찬탄이 흘러넘쳤다.

"내 생전에 경찰서는 가지 말자는 주의였는데, 형사들이 몸소 찾아올 줄은 몰랐네. 쌤, 놀랐어요? 하하."

마른 단풍이 스산하게 날리던 그날, 이별, 사건의 목격, 신고로 이어진 일련의 에피소드는 그녀의 기억 속에 깊숙이 묻혀 있었다. 돌아보지 않으리라 이를 악물었었다. 결국 그 모든 노력에도 불구하고 그녀에게 불리했던 패는 끝내 협조를 거부했다. 그도 보았을까. 지방지에 조그맣게 실린 그날의 사건을. 예기치 않게 서로에게 씁쓸한 비밀로 남아버린 그날을 한 번쯤은 떠올려 보았을까. 계획된 살인사건, 그들의 이별, 달갑지 않은 방문객이란 불협화음이 평온했던 모니카의 머리를 뒤흔들었다.

"쌤, 간만에 회식 어때요? 아래층 뚝배기 해물탕, 콜?"

저마다 스타가 되려고 해

보글보글 소담스레 끓고 있는 뚝배기를 보며 레이나는 코를 킁킁거렸다.

"여긴 해물 칼국수 전문인데, 원장님은 왜 뚝배기만 드세요?"

첫 잔에 원샷이라니, 오늘은 술이 잘 넘어가네. 캬⋯⋯. 모니카는 목구멍으로 기분 좋은 진동을 느끼며 아직도 끓고 있는 국물을 한술 떴다.

"난 국수 안 먹어요. 역시, 뚝배기엔 소주야."

모니카는 해물은 손도 대지 않고 국물만 연방 떴다

"레이나 쌤, 중국어 잘하겠네. 아직 젊은데 중국 가서 공부 좀
더 하지 그래요?"
"그럴 여유가 아직 안 되어서요……. 제가 맏이고 동생들도 있
고요."
"어? 레이나 쌤 혼자인 줄 알았는데. 내가 왜 그렇게 생각했지?"
"정말요? 하하, 혼자면 좋겠어요. 제멋대로인 동생들 없이."

모니카는 빈 소주잔을 내밀었다.

"그놈의 K 장남, 장녀. 지긋지긋하지. 참고로 난 맏이 아니에요."

레이나는 소주잔에 대신 사이다를 채웠다.

"알바 이것저것 많이 했어요. 그러다 D 대학 아시죠? 어학당
에 자리가 나서 지원했어요. 3개월 만에 잘렸지만요."
"아니, 왜?"

"중국이 뜨고 중국어가 비전 있다지만, 영어에 비하면 아직 멀었어요. 중국어 학습 수강자가 영어 학습 수강자에 비해 적으니까 제가 아무리 발버둥 쳐도 안 되더라고요. 학교 측도 수지가 안 맞으니까요. 선배들 말이 어차피 계약직 오래 해도 정규직으로 채용되긴 어렵데요. 선배 중에도 석사, 박사 수두룩해요."

"모든 길은 로마가 아니라 영어로 통한다는 거네."

"그 말씀이 정확하네요. 그래도 전 중국어가 좋아요. 원장님도 그러셨겠지만, 저도 중국어가 첫사랑이라 헤어 나올 수 없었어요."

"난 영어 첫사랑 아닌데. 또 알아요? 레이나 쌤 마지막 사랑이 나타날지."

"음…… 그럴 수도 있겠네요."

불금 저녁은 더 이상 외롭지 않아 좋았다. 날마다 칙칙한 옷을 입고 출퇴근을 하던 교습소 앞 거리도 오늘만은 환영하는 듯 반짝였다. 시답잖은 농담에도 배를 잡고 나뒹구는 청춘들. 옆 테이블에서 웃음 폭탄이 터졌다. 한 주 내내 억눌렀던 외로움이 불꽃처럼 여기저기서 터졌다.

"나 예전에 중국어 배우고 싶었는데, 우린 홍콩 영화 세대였어요. 주윤발, 장국영, 왕조현이 줄줄이 내한했잖아. 아, 국영이 오빠! 여전히 멋있게 늙어가고 있잖아. 쌤은 모르지? 코흘리개 아기였나?"

모니카의 혀가 리듬을 타며 꼬여갔다.

"원장님, 제가 중국어 가르쳐드릴까요? 저 이래 봬도 대학생, 유학준비생, 직장인들 과외 꽤 했어요. 잘 가르친다는 소리도 들었고."
"어머, 정말이에요? 난 한자 하나도 모르는데. 까막눈이에요. 한자가 베이스 되어야 하는 거 아닌가?"

장국영의 달콤한 목소리를 떠올리자 모니카의 얼굴에 홍조가 올랐다.

"댓츠 오케이, 차근차근하시면 돼요. 근데 홍콩은 광둥어를 써요. 원장님은 보통화를 배우셔야해요. 중국 표준어요. 저도 광둥어는 몰라요, 호호."

일주일에 한 번 개인교습을 받기로 하고 준비한 교재를 훑어보니 벌써 머리가 아파져 왔다. 할 수 있을까? 다행히 초급 교재라 쉬운 회화로 구성된 책이었다. 성조를 넣어 읽는 레이나의 낭랑한 목소리는 마치 음악 수업 시간에 노래 연습을 지도하는 선생님처럼 한 옥타브 높게 울려 퍼졌다.

"중국어는 노래하는 것 같아. 사성이 붙으니 어렵네."

"맞아요. 노래하듯이 따라 하세요. 기초가 제일 중요한 거 아시죠? 늘 배운 거 반복, 연습하셔야 해요."

레이나의 따끔한 충고가 그녀에겐 오랜만에 들어보는 크리스마스 캐럴 같았다. 외롭고 추웠던 어느 겨울 보육원을 뛰쳐나와 무작정 시내를 배회하며 듣던 그 캐럴은 모니카를 따스하게 감쌌다. 종교를 믿진 않았지만, 캐럴을 들을 때마다 머릿속엔 종이 울렸고, 그녀는 항상 하나의 이미지만 보았다. 그녀만의 집에 와서 온전히 세으름을 피우며 뒹구는 느낌, 포근한 느낌.

"가장 익숙한 건 영어지만, 내가 모르는 언어를 배운다는 게 이유 없이 날 행복하게 해. 배워서 바로 써먹을 순 없지만, 그 나라에 가서 사람들과 미소 짓고 말을 걸 순 없지만, 뚫린 어느 한 부분이 채워진다는 느낌이야. 레이나 쌤도 그 느낌 알아?"

"음…… 전 아직요. 이것저것 해 보고 싶은 게 많았어요. 연기,

노래, 춤…… 딱히 무엇이 되고 싶다고 생각해본 적은 없지만요. 원장님처럼 공부를 좋아하는 타입은 아니라서요. 중국어가 비전이 있다고 할아버지께서 권유하셨어요, 실용적인 측면이 강하죠."

"당연히 어학을 하는 목적은 실용성이야. 근데 나는 영어를 처음 할 때 실용성보단 그냥 사랑에 빠졌던 것 같아. 영화 속 내가 좋아했던 배우의 달콤한 음성이 내던 외계어, 꼬부랑어. 그게 영어였단 거지. 단지 그 이유로 영어가 그냥 내게로 왔었어. 그렇게 무작정 왔던 영어가 하면 할수록 나에게 자유를 주었다고 할까. 뜻밖의 선물이었지, 맘껏 숨 쉴 수 있는. 몸은 여기 있지만, 마음은 어디든 갈 수 있는 자유랄까. 나만의 자유. 맞아, 내겐 언어란 특히 외국어를 배우는 건 자유라 할 수 있겠네."

아이들에게 영어를 가르치는 모습도 그렇지만 중국어를 읽고, 말하는 레이나는 강장제를 먹은 듯 유독 원기 충천했다. 용범이가 닌텐도를 하듯, 홍민이가 아이스크림을 핥으며 길을 걷듯, 그녀만의 낙원에서 달콤한 꿈을 꾸는 듯했다. 그녀의 옷은 중국어였다. 빛이 났다.

"쌤은 재주가 많고 성실하니까 뭐든지 하고 싶은 거 하며 살 거 같아."

"쉐 쉐! 저도 원장님 같은 분 만나 운이 좋다고 생각해요."

"뭐야, 뜬금없이. 무료수업이라 아부 안 해도 되는데. 수업료 받을 걸 나중에 후회하기 없기. 자기가 너무 겸손한 거 언제쯤 알까. 그리고 난 칭찬보다 욕을 더 좋아하는 사람이에요. 하하."

"근데 원장님, 벌써 다음 주네요. 준비는 열심히 하긴 했는 데……."

하악하악 입김이 하얗게 피어나는 맑은 겨울 아침이었다. 모니카는 차 안에서 시간을 확인했다. 이제 곧 아이들이 나오겠네. 동네 조그만 교습소를 운영하는 것도 장난이 아니었다. 작은 교습소가 살아남기 위해선 끊임없이 변하는 교육 트렌드며, 엄마들의 욕망을 읽는 걸 게을리 해선 안 되었다. 구멍가게라도 먼지가 뽀얗게 내려앉은 빈약한 물건들 사이로 파리가 날리는 곳보다 싹싹한 사장님과 반들반들 윤이 나는 물건들이 그득하게 진열된 곳이 환영받는 것처럼. 그런 취지로 두어 달에 한 번 아이들을 준비시켜 영어인증 시험을 보게 했다. 처음엔 이벤트성으로 진행했지만, 어느덧 이 시험은 정기 행사로 자리 잡아 갔다. 성인용 토익이나 토플을 흉내 낸 인증 시험을 학부모들은 좋아했다. 자격증과 시험을 좋아하는 이 나라에서 살아남으려면 그들도 달리 방법이 없었다. 아이들 하나하나가 담고 있는 것들보다 아이가 건진 수치만이 중요했다. 아이들의 꿈, 색깔, 향기가 무시되고 통일된 수치만으로 재단되는 교육의 나라에서 사교육 시장은 갈수록 살이 찔 수밖에 없는 구조였다. 적어도 모니카는 교습소를 시작할 때 꿈이 있었다. 아니, 꿈이라기보다 플랜에 가까웠다. 창의적이고 개성 넘치는, 공교육에선 운영 불가능한 커리큘럼으로 아이들이 즐겁게 영어를 할 수 있는 나름의 원대한 프로젝트. 이제 모니카는 알게 되었다. 비단 그녀뿐이겠는가. 공교육이든 사교육이든 영어를 가르치는 이들은 모두 처음엔 우공이산의 심정으로 그들의 길을 가고자 첫걸음을 내딛지 않았을까. 하지만 유감스럽게도 머지않아 그 순간과 맞닥뜨리게 된다. 이 나라에선 영어가 계층 이동을 위한 입장권에 불과함을 각성하게 되는 순간. 광활한 초원을 향해 쉬지 않고 달려왔다 여겼지만 결국 쥐덫에 걸려 몸부림치고 있는 자신을 보게 되는 순간. 그녀는 어느 순간 자신이 암표상이 되기라도 한 것처럼 기묘한 씁쓸함을 날마다 곱씹어야 했다. 영어는 그녀의 꿈이고 자유였지만 그 자유가 덫이 될 줄은 몰랐다.

아이들끼리 서로 나온 점수를 보고 서열이 나뉘고 주눅들 것이 뻔한데 불편한 선택을 할 수밖에 없는 자신을 또 한 번 자책하며 모니카는 차 문을 열었다. 시험을 마친 아이들이 쏟아져 나올 시간이었다. 검은색 승용차가 바로 옆으로 스르르 미끄러져 와 가볍게 멈추었다. 차 문이 열리고 담비 코트 자락을 화사하게 펄럭이며 연지 엄마가 내렸다.

"어머, 원장님! 밖에서 기다리셨네요. 우리 애들 시험 잘 봤 겠죠?"

"안녕하세요, 어머니. 애들 모두 열심히 했으니까 결과 좋을 거예요."

탱탱하고 뽀얀 피부의 연지 엄마는 벌써 봄이었다.

"우리 연지, 다혜 영어 실력이 너무 좋아졌어요. 영어가 재밌 다고 하니 제가 원장님께 얼마나 감사한지 모르겠어요. 지난 시 험도 100점이에요."

"언니, 동생이 서로 자극도 주며 열심히 해요. 공부 욕심도 있고."

돼지엄마의 시혜에 대한 보답 멘트가 모니카의 입에서 술술 나왔다.

"우리 연지는 아빠처럼 의사가 꿈이에요. 근데 요즘 바이올린

에 꽂혀서 레슨을 시작했어요. 겨우 타협 봤죠. 기집애가 고집이
세서. 그럼 바이올린 연주하는 의사로 가자고요, 호호호."

"어머, 멋지네요. 슈바이처 박사처럼요. 오르가니스트였다가
의사 됐잖아요."

"호호, 그러네요. 역시 원장님이셔."

아이들이 우르르 달려 나왔다. 연지 엄마가 예약해 둔 피자집
으로 가기 위해 아이들을 봉고차에 태웠다. 아이들은 시험이 쉬
웠다, 어려웠다고 하며 저마다 한풀이했다. 의기양양한 자매들
옆에 홍민은 풀이 죽어 고개를 숙이고 있었다.

"홍민아, 왜 그래? 시험 어려웠어?"

"네. 전 영어가 해도 해도 어려워요. 재밌는지도 모르겠고. 엄
마가 영어 잘해서 꼭 유학 가야 한다고 했어요. 그래야 돈도 많
이 벌고 훌륭한 사람 된다고……."

재잘대던 아이들이 뚝 하고 입을 다물었다.

"괜찮아, 홍민아. 다음에 또 시험 있어. 그때 잘하면 되잖아.
그렇죠, 선생님?"

갈래머리 해랑이 홍민을 흘끗 보며 불안한 듯 되물었다. 오, 해랑이 홍민 봐주긴가. 학원만 오면 늘 티격태격하던 둘인데.

"오늘 피자 너 많이 먹어."

풀 죽은 녀석이 꽤 측은해 보였나 보다. 원수에서 동지가 되다니. 모니카는 둘을 대견한 듯 바라보았다. 아이들의 그런 모습들이 좋았다. 싸우고 울다 웃는다. 태풍이 지나고 말갛게 하늘이 너그러이 얼굴을 내밀어 주듯 아이들은 감정을 쟁여두지 않았다. 그녀도 아이였을 때 그랬다. 울다 웃다가 엉덩이에 뿔이 나곤 했다. 뿔난 엉덩이를 보고 또 웃고. 그때가 있었다. 그녀에게도. 이제 그녀의 곳간엔 버리면 세상이 무너지기라도 할 듯하나하나 쟁여둔 상처와 미움, 후회들이 거미줄과 곰팡이에 덮여 썩어가고 있었다. 어디서부터 손을 대야 할시 답을 찾을 수 없게 되었다. 치즈를 누가 누가 더 길게 늘이나 시합을 벌이며 아이들은 목청껏 웃어대며 피자를 먹었다.

"홍민아, 선생님은 아침을 너무 많이 먹어 배가 안 고파. 이것도 먹어."

모니카는 피자 조각을 홍민의 접시 위에 놓아 주었다.

"엄마가 저 죽일 거예요. 이번 시험 결과 벼르고 있는데."

"괜찮아, 다음에 잘하면 돼. 첫 시험이잖아. 선생님이 잘 말씀 드릴게."

그제야 홍민은 환해지며 피자를 덥석 물었다.

인증 시험 성적이 아이들 집으로 간 다음 날이었다. 교실 문을 들어서자마자 아이들은 조잘조잘 댔다. 엄마가 잘했다고 칭찬하셨다, 더 열심히 해서 다음엔 잘 보면 된다는 칭찬과 격려를 들은 아이들을 보며 모니카는 안도했다. 수업을 마치고 레이나가 걱정스레 입을 뗐다.

"원장님, 오늘 홍민이가 결석했어요. 연락도 없고요. 결석 한 번 안 했는데…… 전화해보셔요."

"응, 알았어요. 감기 들었나? 덩치 좋은 아이들이 가끔 심하게 앓기도 하니까."

모니카는 찜찜한 마음을 억누르며 수화기를 들었다.

"어머니, 안녕하세요. 오늘 홍민이가 영어 안 왔던데, 어디 아픈가요?"

포탄을 맞은 듯 여기저기 흩어진 머리칼을 쓸고 있던 홍민 엄마는 허리를 일으켰다. 냉랭한 눈과 미간 사이로 싸늘한 기운이 흐르는 홍민 엄마의 얼굴이 전화기로 뿜어져 나왔다. 언뜻 보면 순해 보이는 인상이었지만 양쪽 꼬리가 올라갈 땐 매섭게 보이는 홍민 엄마의 눈매가 부담스러워갔다. 모니카는 심호흡을 한 번 했다.

"원장님, 민이 이제 영어 끊을게요. 1년 가까이 다녀도 시험 점수도 고만고만하고. 시내 큰 어학원 알아보고 있어요. 거긴 빡세게 시켜 돈값 한다는데."

돈값이라. 모니카의 가슴은 통증 파스를 붙인 듯 쓰리고 화끈거렸다. 그렇다고 이대로 물러설 순 없지.

"어머니, 그간 홍민이도 열심히 했고, 저희도 최선을 다했습니다. 애들은 저마다 학습 속도, 성향, 태도도 달라 눈앞의 결과로 객관적으로 판단하긴 어려워요."

"흥, 학원이 돈 받고 시험 잘 보게 해주는 게 다지. 나도 받은 만큼 머리해주니까 이렇게라도 먹고 사는 거죠."

얄짤없네, 이 엄마.

"어머니. 그럼, 홍민이한테 인사라도 하면 안 될까요? 학원 친구들도 궁금해하고요."
"민이 지금 자요. 원장님 안부는 전해줄게요."

이런 장르가 또 있었다. 모니카가 또다시 습득해야 할 감정엔 낯설고 다양한 항목이 끝이 없었다. 여태껏 그녀가 숱하게 익숙해져 왔다고 믿었던 감정들은 초보자가 언어를 배울 때 가질 수 있는 섣부른 자만심과 같았다. 삼 개월이면 영어정복, 일 년 후엔 원어민⋯⋯ 같은 허세 가득한 만용. 모니카는 고개를 떨구었다.

"홍민 어머니, 그간 너무 감사했습니다. 교습소 홍보도 많이 해주셨는데. 제가 많이 부족했습니다. 다음 주에 크리스마스 파티하는데 홍민이 혹시 시간 되면 왔으면 한다고 전해주세요. 친구들과 인사도 하고 재밌게 보냈으면 해요. 안녕히 계셔요."

홍민 엄마는 전화기를 내려놓았다. 쓸다 만 머리카락 포탄 더미로 빗자루를 팽개쳤다. 뻐근한 허리를 매만지며 서리 낀 부연 가게 상밖을 닝하니 바다보았다.

레몬 빛 가스등

새천년 첫 크리스마스를 맞아 거리는 들떴다. 상가엔 이미 줄줄이 트리가 세워지며 우중충한 거리에 화사함을 더했다. 모니카는 멍하니 가로등을 올려다보았다. 문득 저 가로등이 레몬 빛 가스등이었으면 했다. 한때 그녀의 청춘에 이입했던 전혜린이 그토록 사랑했던 안개와 그 가스등 빛을 동경했다. 그녀도 거기에 가서 볼 수 있다면 얼마나 좋을까 생각했다. 그 레몬 빛 커튼 안에 사차원이 있다면 그 공간으로 사라져버렸으면 했다.

'아니야, 떠날 수 없어. 이제 시작인데.'

　순수한 아이들만 상대하면 결코 더는 아프지 않을 거라 여겼다. 모니카는 자신의 비겁함과 어리석음에 코웃음 쳤다. 텅 빈 지하철에 앉아 마주 보는 차창에 비친 얼굴을 보았다.

'너도 지금 꽤 피곤하지? 괜찮아. 오늘 하루를 끝냈잖아. 이제, 됐어.'

　모니카는 대학가에 새로 들어선 원룸 건물이 빼곡한 골목 어귀로 접어들었다. 통근할 수 있는 역세권에다 깔끔한 집을 얻기 위해 판 발품들이 헛되지 않았다. 건물 옆 편의점에서 맥주 한 캔과 저녁 요기로 대신 할 바나나를 샀다. 터벅터벅 계단을 올라 3층에 있는 원룸 현관문을 열었다. 비번을 누른 후 1조간 삐익거리는 기계음이 늘 그녀의 가슴을 진정시켰다. 하루를 마치고, 그녀만의 보금자리에 누울 시간이 왔다는 안도감. 현관등이 깜빡이고 익숙한 어둠이 들어와야 했다. 어, 내가 불을 켜놓은 채 나갔었나. 불이 켜진 환한 집 안을 둘러보며 그녀의 눈은 낯설게 깜박였다.

"왔어? 빨리 손 씻고 앉아. 저녁 먹자."

바글바글 끓어대는 냄비를 나르는 소리가 주방에서 들려왔다. 원룸이지만 코딱지만 한 거실과 분리된 주방이 마음에 든 공간이었다.

"엄마, 언제 왔어? 전화도 안 하고."

진한 바다 내음이 좁은 집을 가득 채웠다.

"춥지? 아빠는 동창 송년회 가셨어. 부부 동반이라는데 나이 드니 왠지 점점 나가기 싫더라. 혼자 갔더니 지가 홀아비냐고 생전 내지도 않던 짜증을 내는 거 있지."
"와, 맛있겠네. 뜨끈한 동태찌개 당겼는데, 맥주랑 딱 걸렸네. 엄마도 한잔해."

모니카는 한 캔만 샀다는 아쉬움을 달래며 캔을 땄다. 맥주 한 캔을 나누어 마시는 이 저녁이 그녀의 추웠던 가슴을 데워주었다.

"애들은 많이 들어왔어? 같이 일하는 선생은 속 안 썩이고?"

곱슬곱슬 말린 앞머리에 걸린 눈썹을 초승달로 휘며 엄마는 입김으로 식힌 국물을 들이켰다.

"아유, 엄마, 또 걱정 보따리 푸시네. 사서 걱정하셔. 다 잘되고 있어. 애들 대박이야. 원장이 실력 있다는 소문이 옆 동네까지 퍼져서 난리야."

모니카는 아직도 보글거리는 거품 반 국물 반을 가득 떠 소주 마시듯 목구멍을 긁었다.

"캬…… 동태랑 맥주가 은근 어울리네. 역시, 엄마표 찌개가 최고다. 왜 난 이 깊은 국물맛을 못 낼까. 갖은 재료 다 때려 넣어도 항상 국물 따로 재료 따로 노는데."

모니카는 딴청을 부렸다. 엄마에겐 그 어떤 구김도, 주름도, 보풀도 보이기 싫었다. 막 빨아 다린 반듯한 빨래 마냥 티 없고 뽀얀 모습만 보이고 싶었다.

"몸은 좀 어때, 약 잘 챙겨 먹고 있지? 일한다고 몸 안 챙기면 끝장이야. 너, 알지? 돈 번다고 너무 신경 쓰지 마. 항상 몸 생각해."

또 시작이었다. 채무자가 된 듯 늘 개운치 않았던 그 감정이 부글부글 끓어올랐다. 모니카의 신경이 부풀어 올랐다. 저도 모르게 힘이 들어간 손이 수저를 쾅 놓았다.

"흥! 그럼, 이 나트륨 대박인 찌개도 먹음 안 되지. 엄만 그것도 몰라?"

순간 혀를 물고 싶었다. 이런 바보. 스탠딩 코미디를 하러 무대에 선 배고픈 코미디언이 취객의 야유에 휘말려 치고받는 꼴이네. 이 개코원숭이. 그녀는 슬며시 엄마를 훔쳐보았다. 엄마의 입꼬리가 미세하게 떨리고 두 눈엔 이내 그렁그렁 눈물이 어렸다.

"엄마, 미안. 약 잘 챙겨 먹고 있어. 누가 떼준 건데. 누구 덕에 숨 쉬는데. 걱정 마. 괜히 연말도 되고 하니 싱숭생숭해져 그래."

억지로 주름을 펴고 엄마는 웃었다. 편다고 폈지만, 여전히 내천자가 새겨진 엄마의 미간이 모니카의 눈에 지워지지 않았다. 울 엄마도 많이 늙었네. 할머니 같다, 이제. 언제쯤이면 엄마가 준 부채감에서 벗어날 수 있을까. 꿨다 갚을 보릿자루처럼 그녀의 어깨에 주렁주렁 매달려 있는 원망과 후회, 고마움이라는 의

무감, 그 빛을.

엄마는 모니카를 여섯 살에 버렸다. 엄마는 모니카를 버린 적이 없다고 끝끝내 부인했다. 시설에 잠시 맡기기로 하고 당장 꺼야 할 불이 꺼지면 그녀를 찾으러 갈 거라 입술을 깨물고 깨물었다. 남편 복이 없다는 걸 애초에 깨달은 덕분에 그 모질고 기약 없는 시간을 견딜 수 있었다. 아니, 견디어냈는지 확신이 서지 않았다. 모니카의 얼굴을 볼 때마다 그녀가 견뎌낸 나날들이 자신 없어졌다. 벌이는 사업마다 주저앉는 남편은 실패를 거듭할수록 자신을 잃어갔다. 기어코 어느 한쪽이 먼저 포기할 시간이 왔을 때, 그는 기다렸다는 듯 먼저 백기를 들고야 말았다. 남편이 풀어야 할 산더미 같은 숙제를 내던지고 도망치다시피 나갔을 때 그녀는 정신이 번쩍 들었다. 남편에게도 맞아본 적 없는 따귀를 입이 돌아가도록 맞은 듯 털이 곤두섰다. 아이와 그녀 모두 살기 위해선 한 명이 배에서 뛰어내려야 했다. 밤낮으로 일을 해 몸을 갈아 부어서라도 빚을 갚으려면 모니카를 잠시 떼어놓을 수밖에 없었다.

모니카는 엄마의 거친 손등을 감쌌다. 핸드크림이라도 바르지. 깔깔한 엄마의 손등을 쓰다듬을수록 그녀의 목도 깔깔해졌다.

"엄마랑 나는 하나야. 늘 함께 있어. 엄마가 떼어준 콩팥 걱정 되지. 잘 관리하고 있어. 걱정하지 마. 그때 엄마가 이식해줘서 난 숨 쉬고 있는 거야. 내 일도 하고 있어. 엄마가 나 버려서 죄책 감으로 콩팥을 떼어주었든 그냥 엄마로서 그랬든, 나 그런 거 생각 안 해. 엄마는 내 안에 함께, 영원히 있는 거야."

"꽃다운 사춘기도 못 보고, 그 중요한 시기에도 함께 못했잖아. 다 늙어빠져 널 찾았는데, 뭘."

"괜찮아. 학교도 잘 마쳤고, 이렇게 내 일도 하게 됐잖아. 엄마가 뭐 부귀영화를 누린 것도 아니잖아. 죽어라 고생만 했지. 이젠 걱정 마. 빚도 다 갚았고. 엄마 생각만 해."

대학 졸업 후 온갖 알바와 학업을 병행한 탓인지 모니카는 서서히 무기력해갔다. 뿌리 뽑힌 식물처럼 쉽게 회복되지 않는 피로가 하루하루 쌓여갔다. 늪 안으로 서서히 몸이 가라앉는 듯했다. 늪 속에 숨어 있는 형체도 모르는 괴물이 그녀의 손을 잡고 끌어당기는 나날이었다. 어느 날 밤 과외를 마치고 돌아오는 길이었다. 그날따라 묘한 감각이 등골을 타고 내렸다. 사차원에 온 듯 별난 기분에 사로잡혔다. 겨우 방문을 열자마자 그녀는 털썩 고꾸라졌다. 연이어진 구토와 경련 중 의식을 잃었다. '만성 신부전증'이란 진단을 받고서 모니카는 난감했다. 새로운 외국어를 배울 때 잠깐의 상쾌한 즐거움 뒤에 엄습해오는 그 감정. 난해한 문자 기호의 끝없는 나열 속에 길을 잃고 헤매는 막막함. 초로의 의사는 젊은 아가씨가 힘들었겠다며 혀를 찼다. 그쪽이 의사면 의사지 부모도 아닌데 별꼴이라는 속말도 잠시, 일단 입원하고 투석을 받자는 말에 모니카는 얼어붙었다.

왜 뭐든 쉬운 게 없지. 왜 나만 이러냐고. 좀 그냥 넘어가면 안 되냐고. 왜 나한테만 이래. 모니카는 그 도시로 떠나고 싶었다. 어디였지. 뮌헨이었나. 레몬 빛 가스등이 안개 바닷속에서 출렁이는 차가운 도시. 그곳에선 왠지 모든 게 무작정 쉽게 흘러갈 것 같았다. 그 쓸쓸한 거리를 걸으며 홀로였던 작가가 눈이 부셨다. 그녀처럼 짧게 산다 해도 좋았다. 그곳에서라면.

꼬박 1년 동안 투석 치료를 받았다. 일주일에 두 번을 병원에 드나드니 병원이 또 하나의 일터가 된 듯했다. 꼬박 4시간을 누워 투석기를 통해 넘나드는 그녀는 자신의 피를 보았다. 그 피에 섞인 시시한 운명과 저주가 필터를 통해 깨끗이 여과되기를 바라며 지켜보았다.

'그래, 어쩌면 하늘이 주신 기획지도 몰라. 내 피 안에 섞인 저주를 씻어내기 위해 이 병에 걸렸는지도 몰라.'

사지를 늘어뜨린 채 몽롱한 약 기운에 취해 모니카는 읊조리곤 했다. 백방으로 그녀를 찾아온 엄마와의 해후도 모니카에겐 쉬운 일이 아니었다. 오열 속에 기꺼이 신장을 이식해 준 엄마였지만 3차원이란 세계 속 존재하지 못했던 그들만의 시간은 둘 사이에 여전히 출렁대는 바다가 되었다. 천천히, 서두르지 마. 힘들면 그냥 그대로 내버려 두자. 엄마를 볼 때마다 되뇌었다.

"아빠 보고 싶지 않아, 우리 딸?"

우리 딸? 모니카는 채 비우지 못한 맥주캔을 내려놓았다. 처음이었다. 우리 딸……. 술기운인지, 뭔지, 얼떨떨하면서도 머리가 핑 돌았다. 뒤이어 눈물도 핑. 엄마 많이 늙었네. 상가 화장품 가게에서 핸드크림에다 영양 크림도 사다 줘야겠다. 모니카는 엄마의 두 눈을 꼭 안았다. 눈물이 가득 차 터질 듯한 두 눈으로 엄마의 촉촉한 두 눈을 와락 안았다.

"전혀. 우릴 버린 아빠란 사람 나한텐 없어. 엄마면 돼. 나중에 저녁 먹자. 모시고 나와. 새 아빠잖아. 엄마 진짜 남편."

정기 진료에다, 교습소 교육청 연수, 하루를 다 산 오전을 보내고 턱걸이하듯 모니카는 계단을 달려 올랐다. 로비 문을 열고 환기를 위해 교실마다 창문을 열어젖혔다. 겨우 숨을 돌리고 데스크로 와 핸드백 안을 뒤졌다. 어라, 어디 갔지? 내 봉투. 출근 전 급히 ATM기에서 찾은 돈이었다. 레이나 샘 줄 월급인데. 아직 계좌를 만들지 못했다는 레이나에겐 매달 현금을 직접 찾아 지급해왔다. 바삐 올라오다가 혹시 계단에서 떨어뜨렸나. 모니카는 서둘러 계단으로 내려갔다. 계단을 훑고 학원 앞 보도블록을 샅샅이 살폈다. 이런, 제길. 지하철에서 소매치기당했나. 피 같은 돈인데……. 경찰서에 신고할까 하다가 지난번 두 형사가 떠올랐다. 경찰서랑은 더 이상 엮이기 싫었다. 한 해를 마무리하는 액땜이라고 생각할 수밖에. 모니카는 종일 머리가 아팠다. 바보 같은 자신에게 화풀이하느라.

"와우! 너무 이쁘다."

플러그를 꽂자 꼬마전구들이 다투듯 저마다 색채를 뿜었다. 아담한 교습소가 트리 하나만으로도 들떴다. 오픈할 때 최소의 비용을 들였던 인테리어는 단조롭기 그지없었다. 화이트가 대세인 실내 장식을 무시하고 가진 돈을 이용하다 보니 가성비로 갈 수밖에 없었다. 짙은 브라운의 다소 어둡고 단조로운 실내를 아이들이 하나씩 채워주고 이렇게 크리스마스트리가 화사하게 점등되니 그야말로 완벽해졌다. 앙상한 나무에 잎이 돋아나고 새가 날아들 듯 교습소도 이제 자리를 잡아가는 듯했다. 아직 울창한 숲은 아니지만, 숲의 형태를 갖추기 시작했달까. 모니카는 레이나를 도와 교실에 풍선을 달고 파티 준비를 했다. 초코파이를 쌓아 케이크를 만들고 아이들이 좋아하는 간식들을 접시에 담았다. 지난밤 새벽녘까지 간만에 손글씨로 카드를 썼다. 아이들의 이름을 하나씩 쓰며 그녀의 마음과 소망을 케이크 위 데코레이션 하듯 담뿍 올렸다.

선물 포장 담당은 레이나였다. 평소보다 일찍 출근한 레이나의 손끝은 평범한 선물을 요술처럼 특별하게 되살렸다. 모니카의 눈에 레이나는 <알라딘>의 지니 같은 존재였다. 도대체 못 하는 게 뭐야. 저 자그마한 몸집에서 솟아나는 에너지는 끝이 없어 보였다. '에너자이저 레이나'라 불러야겠어. 아이들은 왁자지껄 자신의 선물을 열어보며 환성을 질렀다.

"선생님! 저 손 카드 처음 받아봐요. 와! 대박이다."
"그래? 너 선생님이 쓴 카드 영원히 간직해야 해. 그 카드에 주문을 걸었으니까. 네가 나중에 커서 쌤이 쓴 소원이 이루어진 지

확인해봐야 하거든."

"제가 훌륭한 사람 되는 거요?"

꼬마 재희가 둥그렇게 눈을 떴다.

"응, 쌤도 할머니 되어서 재희가 그렇게 되어있는지 지켜볼 거야."

아이들은 배를 잡고 깔깔거렸다.

"와, 홍민이다. 어서 들어와, 잘 왔어."

복도에서 오줌 마려운 강아지처럼 쭈뼛거리는 홍민을 발견한
레이나가 소리쳤다.

"어서 와, 그새 홍민이 많이 컸네. 선생님이 눈 빠지게 기다리
고 있었지롱."

모니카는 홍민의 손을 덥석 잡았다.

"선생님, 죄송해요. 학원에 오고 싶었는데 엄마가 시내 학원

가야 한다고 해서. 제가 안 간다고 뻗댔어요. 엄마가 항복했어
요. 제가 밥 안 먹는다고 했거든요, 헤헤. 울 엄만 내가 밥 안 먹
는 걸 젤 무서워해요."

이내 아이들과 합류해 뛰어노는 홍민을 보고 모니카는 가슴을
쓸어내렸다. 잃어버렸던 강아지, 아니, 낳아본 적도 없던 아이가
돌아온 듯 울컥했다.

"홍민이가 돌아온 건 좋은데 까다로운 홍민 엄마 계속 케어하
셔야 하니, 잘된 일인지 아닌지 모르겠어요."

레이나가 김이 오르는 핫초코가 담긴 머그잔을 내밀었다.

"그래도 잘된 일이야. 아이들이 들어오고 나가는 것에 연연할
수록 힘들 거야. 내공을 쌓는 게 나한테 가장 중요한 일이야. 어
차피 상처는 계속 받고 피할 순 없겠지. 신입생이 있으면 퇴원생
도 생기기 마련이니까. 받을 상처는 받고 빨리 털어버리는 게 우
리 일이야. 아문 상처 위로 또 덧나고, 아물고. 그러면서 가야지.
'쉽진 않겠지만 멈추진 말자.' 이게 내 모토야. 레이나 쌤 모토는
뭐야?"

베가 성에서 온 사나이

파티가 끝나고 모니카는 레이나와 부지런히 정리에 돌입했다. 아이들이 쏟고, 흘린 음료수와 과자들로 난장판이 된 교실과 로비가 대충 제 모습을 찾고서야 모니카는 허리를 펼 수 있었다. 딸랑, 차임벨이 울리고 로비 문이 수줍게 열렸다. 이 시간에 누구지? 크리스마스에 신입 상담이 올 리는 없고. 고개를 드니 외국인 남자가 서 있었다. 중간 키에 남자치고 호리호리한 체격을 가졌다.

"안녕하세요. 저는 베가라고 합니다. 여기 앞 K 대학교 교환학
생입니다."

머리칼, 눈썹, 속눈썹마저도 모래 빛이 돌았다. 창백하면서도
수줍은 미소, 전형적인 백인이라기보단 미묘한 섬세함이 감도는
이국적인 얼굴이었다.

"네, 안녕하세요. 한국말 잘하시네요. 근데 무슨 일이시죠?"
"저 아이들에게 영어 가르칠 수 있어요. 저 일 필요해요."

어라? 외국인 강사는 필요 없는데, 고용할 수도 없고. 모니카
는 난감했지만 애절한 그의 눈빛을 외면할 수 없었다. 일단 자리
를 권하고 커피를 권했다.

"저 커피 안 마십니다. 감사합니다."

어눌하지만 꽤 유창하고 한마디 한마디 정중한 악센트를 찍는
그의 화법이 그녀를 끌었다. 한국어 제대로 배웠네. 왜 우린 이
렇게 영어를 구사할 수 없을까. 돈 들이고 시간 들이는 게 영어
인데. 갑자기 나타나 유창한 한국어 실력으로 잠시 무력감을 주

는 이 이방인에게 거부감이 들지 않았다. 들여다보면 빨려들 것 같은, 세상 악에 무지할 것만 같은 맑고 시린 그의 눈빛을 가까스로 끊어내야 했다.

"네. 근데 죄송해요. 여긴 외국어 학원이 아닌 교습소라서 외국인 강사를 고용할 수 없어요. 법이 그래요. 여기 계신 선생님도 보조 강사로 채용했고, 선생님을 더 고용할 형편도 안 되고……."

기대에 찬 선한 눈망울을 마주하며 모니카도 마음이 편치 않았다.

"참, 그건 그렇고 어느 나라에서 오셨어요?"
"우즈베크에서 왔습니다. 제가 백인처럼 보여서 미국, 영국에서 왔다고 하면 어머니를 빚으십니다."
"우즈베크 사람들은 모두 선생님처럼 생겼나요?"
"제 이름은 베가. 원래 이름은 아주 길고 발음하기 어려운데 줄여서 베가라고 부르세요."

뭐야, 베가 성에서 온 사나인가? 옅은 미소를 지으니 베가는 마치 아이처럼 보였다.

"아뇨. 여기 한국과는 달라요. 민족도 아주 많고 생김새도 달라요."

베가는 K 대학 교환학생 1년 차였다. 비쩍 마른 몸에 기백은 없어 보였지만 유순한 인상이 여느 외국인과는 달리 호감을 주었다. 모니카의 머릿속에서 전쟁이 벌어졌다. 파트로 고용해봐? 회화 전문 강사로. 소문나면 신입도 많이 들어올 거야. 액티비티 위주로 재밌고 활동적인 회화 수업이 추가되면 학부모들, 아이들 모두 환영할 테니까. 칼과 방패가 팅팅 불꽃을 내는 머릿속을 달래며 모니카는 호흡을 가다듬었다.

"그러면 금요일 수업만 어때요? 금요일은 전부 회화 수업만 하는 걸로. 네 타임. 시급은 최대로 해드릴게요."

베가는 꾸벅 고개를 숙였다.

"감사합니다. 원장님, 열심히 하겠습니다."
"아이들에겐 캐나다에서 왔다고 해주세요. 여기 한국은 영미권에서 온 강사, 그것도 백인을 선호하거든요. 베가 선생님, 절대로 기분 나쁘게 생각하지 마세요. 저도 학원을 운영하는 처지라서. 죄송해요."

"아닙니다, 원장님. 저도 압니다. 전에 잠시 있던 학원에서도 거짓말했어요. 괜찮아요, 원장님은 좋은 뷰이세요."

베가를 보내며 그녀는 썩 개운하지만은 않았다. 뜻하지 않게 면접을 보고, 앞뒤 보지 않고 질러버린 순간 뒤에 오는 후회와 걱정이 엉긴 실뭉치가 되어 목을 넘어갔다. 식구가 한 명 늘었네. 우리, 잘해나갈 수 있을까…….

아이들은 베가 성에서 온 신비로운 사나이를 사심 없이 좋아했다. 무한한 색깔을 품어주는 도화지와도 같았다. 백인 강사들에게서 흔히 볼 수 있는 오버 리액션도, 예민함도 보이지 않는 베가는 담백하고 친근한 옆집 청년이 동네 꼬맹이들과 놀아주듯 수업했다. 첫 수업을 참관해 본 모니카는 신선함을 느꼈다. 베가는 텁텁한 공기 사이로 불어오는 산들바람이었다.

"어머, 우리 연지, 다혜 너무 좋아해요. 다혜는 베가 쌤과 영어로 대화했다며 신기하다고 방방 뛰네요. 원장님, 소문나서 애들 너무 많이 들어오는 거 싫은데. 애들 수업 지장 있을 수 있잖아요."

애교 섞인 연지 엄마의 콧소리가 오늘따라 살짝 버겁게 와닿았다. 이제 슬슬 돼지엄마의 역할은 다했다는 건가. 은근한 권위 아닌 권위로 항상 모니카를 띄우면서도 요구할 건 요구하는 기술을 가진 연지 엄마였다. 어느새 연지 엄마의 존재가 부담되었고 입어 온 그 시혜의 족쇄를 모니카는 풀어 던지고 싶었다.

"아이들이 재밌게 수업하니 저도 다행이에요."

"호호, 다혜는 나중에 베가 선생님 고향인 캐나다로 유학 가고 싶다네요."

순간 간질대던 귀밑이 튀어나올 듯 뛰었다. 모니카는 마른 음성을 목구멍으로 애써 끌어올렸다. 한 옥타브 높게 맹랑히 울리는 자신의 음성이 들렸다.

"네. 영어 잘하면 지구촌 방방곡곡 어디든 갈 수 있죠. 언어는 무기니까요."

그래, 언어는 무기야. 사람을 언제든 킬 할 수 있는 치명적인 무기야. 그 어떤 도구보다 사악하고 강력한 무기. 사막의 전갈처럼 모래 안에 잠복해 있다가 독을 뿜어 일침에 즉사시키지. 혀

밑, 머리, 마음 저 깊숙한 바닥에 침투해 가족, 친구, 동료 그 누구든 타깃 삼아 전쟁을 벌이지. 우린 전쟁터로 나가 하루의 승패를 일지에 기록하고, 또 내일을 기약하고. 예전엔 몰랐다. 그 무기가 부메랑이었다는 걸. 던진 비수가 반드시 언젠가는 그녀를 끝까지 찾아내 가슴 정중앙을 내리꽂는다는 걸. 연지 엄마도 언젠가는 부메랑으로 돌아올 수 있을까. 모니카는 연지 엄마에게 독침을 쏜 적이 있었던가 더듬어보았다. 저도 모르게.

의외로 베가는 까다로웠다. 아니, 희귀했다. 몇 번 회식을 함께한 후 모니카와 레이나가 가진 공통의 인상이었다. 베가가 먹을 수 있는 건 무엇일까. 고기도 해물도 매운 것도 먹지 못한다고 했다. '이슬만 드시네요!' 하고 레이나가 술을 권하자 술도 안 마신다고 했다. 그가 믿는 종교에서 금한다고. 레이나가 어느 날 한숨을 쉬었다. 미심쩍은 눈초리로 숨을 죽이며 속삭였다.

"혹시, 자기 나라 수도원에서 도망쳐 온 수도사 출신 아닐까요?"
"어머, 레이나 샘 역시 상상력 짱이네. 정말 그럴지도 모르겠어요. 하하."
"전 남자가 너무 예민하고 까탈스러운 거 별로예요. 뭘 먹어도 잘 먹고 무난해야지. 박력도 있고."

"다름이에요. 다양성이고. 문화권이 다르잖아요. 존중해야지."

"그러네요. 반성! 그래도 아이들한테 인기 짱이라서 좋아요. 그게 최고죠, 하하."

어쨌든 제외하기도 그렇고 달랑 식구는 셋인데 베가랑 함께 하는 회식이 매번 편한 건 아니었다. 두 여자끼리 언니 동생처럼 풀어지는 재미로 매번 기다렸던 회식이었다.

"우리가 참아야지. 마음 넓은 누님들이 봐줘야지, 어쩌겠어요?"

"맞아요, 원장님 말씀이. 한편으론 안됐어요. 뭔 재미로 사나……."

"사람마다 재미가 다르잖아요. 그게 매력이지. 재미도 같아야 하나? 근데 난 베가 쌤 재밌는데."

햇살이 쨍쨍한 하늘도 아이들의 기를 꺾진 못했다. 머리 위로 미친 듯 꿈틀대는 롤러코스터와 온갖 놀이기구를 보며 아이들은 환호했다. 학원 이벤트로 놀이동산 나들이를 기획했다. 손꼽아 온 날이었다. 레이나도 아이처럼 신이 났다. 꼬맹이 때 한번 와 보고 오랜만이라 했다. 베가와 모니카는 바이킹 하나 달랑 타고 난 후 벌써 초주검 상태가 되었다. 속이 울렁거리고 다리가 후들

거렸다.

"우린 더 이상 못 타겠어요. 기권이에요. 베가 선생님, 괜찮아요?"

얼굴이 도화지처럼 허연 베가의 얼굴을 보니 무슨 일이라도 나는 거 아닌지 모니카는 초조해졌다. 아이들 인솔은 레이나에게 맡기고 모니카는 베가를 데리고 놀이동산 카페로 갔다. 시원한 티를 한 모금 마시게 하니 모니카는 그제야 안심이 되었다. 베가의 창백한 얼굴에 혈색이 서서히 돌아왔다.

"저는 놀이동산 처음이에요. 시골에 살아서 이런 거 없었어요."
"타느라 많이 힘들었겠어요. 여기 아이들은 좋아해요. 연인들 데이트 코스기도 하고요."

모니카는 쓴웃음을 지었다.

"저도 딱 한 번 와 봤어요. 오랜만에 와보니 재밌긴 한데 이제 몸이 안 따라주네요"

보육원 시절 아이들과 가 본 놀이동산은 다른 세상이었다. 몇 안 되는 기구를 서로 타려고 달음질치는 아이들 속에서도 마냥 어린 가슴은 부풀었다. 그땐 멀미란 걸 몰랐는데, 나도 이제 나이 든 건가.

"베가 샘, 타국 생활 힘들죠? 공부하면서 돈도 벌어야 하고."
"아니요, 원장님. 저는 행복합니다. 공부도 하고 아이들과 함께 수업도 할 수 있어서요. 음식이 안 맞아서 조금 힘든 거 빼고요."

비쩍 마른 베가를 볼 때마다 모니카는 안쓰러웠다. 젊은 남자가 뭐든 잘 먹어야 힘을 쓰지. 이런, 내가 엄마 흉내를 내고 있네. 문득 엄마가 모니카를 볼 때마다 짓는 눈빛과 표정이 어느새 그녀에게 장착되어 있었다. 오, 마이 갓이다. 컴퓨터 공학을 전공한다는 베가는 남은 한 학기를 마치면 고국으로 돌아가야 했다.

"한국에 계속 살고 싶진 않아요?"
"아니요. 가족들이 있는 우즈베크가 좋아요. 할아버지, 할머니, 여동생들, 우린 가족이 많아요. 다 함께 살아요. 공부 열심히 해서 좋은 회사 들어갈 거예요. 가족들과 행복하게 사는 게 꿈이에요."

예상과는 다른 그의 단호한 대답에 모니카는 겸연쩍었다. 우문에 현답이네. 건실한 청년이야.

베가는 그녀가 강사 시절 보아왔던 외국인들과는 다른 종이었다. 그들은 아이들을 동물원 원숭이 취급했고, 약을 하고 수업에 들어갔다. 주말엔 외국인 전용 클럽으로 달려가 날이 새도록 놀았다. 한번은 모니카도 초대받아 가벼운 마음으로 그들과 동행했다. 동굴처럼 온통 어두운 클럽 안은 담배인지 피우는 약인지 모를 두꺼운 연막으로 온통 흐렸고 노르스름하면서도 매캐한 이국적인 향들을 흡입하는 사람들은 사지를 흐느적거렸다. 남녀가 대담하게 서로 스킨십을 하며 끈끈하게 춤을 추는 모습에 모니카는 토끼처럼 콩닥콩닥 가슴이 뛰었다. 온몸의 신경이 요동쳤다. 그들도 제 나라에선 평범한 청년일지도 몰랐다. 타국 생활의 외로움과 스트레스를 그렇게 풀었을지도 몰랐다. 이슬만 먹고사는 초식동물 같은 베가를 보며 모니카의 입가는 또다시 빙그레 올라갔다.

세상을 살면서 지켜야 할 규칙

'애들아, 애들아, 이리 와.' 모니카는 골목 어귀 담벼락에 기대어 피리를 불었다. 성가신 쥐 떼를 소탕해달라는 마을 사람들의 부탁이 아니었다. 교습소로 아이들을 자석처럼 끌어당기기 위해서였다. '뿌우우……' 모니카는 침을 튀기며 목이 세도록 피리를 불었다. 혀에서 쇠 맛이 났다. '뿌우우……' 목이 싸하고 갈라지도록 피리를 불어대도 아이들은 한 명도 나타나지 않았다. 모니카는 기다려도 오지 않는 새벽빛이 사라진 어둠 속에 홀로 서 있었다. 쥐 떼들 대신 아이들이 강물 속으로 쓸려 들어간 게 아닐까 불현듯 불길한 기운에 숨이 막혔다. 소름이 돋고 식은땀이 등 골을 타고 흘러내렸다.

'안 돼!' 화들짝 눈을 뜨니 커튼 사이 새벽빛이 다행스럽게도 좁은 방을 비집고 들어왔다. 한동안 괜찮더니 또 악몽을 꿨네. 키도 다 컸는데 아직도 가위에 눌리기나 하고 모니카는 습관적 인 잔소리쟁이 노파가 된 듯 혀를 찼다. 참, 오늘 이벤트가 있지. 타다 만 악몽의 끝을 재 속에 묻어버리기 위해 모니카는 찌뿌둥 한 몸을 일으켰다.

껑다리 양철 나무꾼으로 분장한 베가는 적역이었다. 제 옷을 입은 듯했다. 딸각딸각 어눌한 거동에 아이들은 넘어가며 웃음 보를 터뜨렸다. 도로시 역을 놓고 치열한 접전이 벌어졌다. 딸을 가진 학부모들 사이에는 은근한 기대와 조바심이 일었다. 결국 도로시는 야무지고 똑똑한 다혜에게 낙찰되었다. 모니카는 치 맛바람에 휘둘리지 않고 공정함을 잊지 않으리라 결심했다. 하 지만 다혜에게 도로시 역이 갈 수밖에 없는 결과를 두고 입방아 를 찧어 댈 학부모들을 떠올리니 마음이 편치 않았다. 연지 엄마 또 으쓱하겠네. 흥, 지가 의산가, 의사 마누라지. 치맛바람을 또 얼마나 날려댔을까. 미용실, 떡집, 화장품 가게에서 신나게 벌어질 학부모들의 뒷담 배틀이 벌써 그녀의 귀에 몰아쳤다. 어쩔 수 없어. 정면 돌파할 수밖에. 모니카는 학부모들의 눈치를 살피지 않고 당당하게 행동하리라 결심했다. 그래, 나도 배역을 맡은 거야. 교습소 원장이란 배역. 사자탈 나무꾼 탈처럼 나도 탈 하나 쓰지 뭐.

다혜는 잘했다. 똑 부러졌다. 모자란 듯 감성이 풍부한 도로시 역을 한 치의 빈틈도 없이 해냈다. 도로시 역은 그 아이를 빼놓고는 생각할 수 없었다. 동네 교습소 작은 무대에서도 다혜의 도로시는 토네이도를 타고 에메랄드 성으로 날아올랐다. 반짝반짝 빛났다.

"와!"

아이들은 배를 잡다가도 서쪽 마녀를 물리칠 때 함께 주먹을 꽉 쥐었다. 막이 내릴 때 모니카는 반문했다. 우리가 이미 용기, 지혜, 사랑을 가졌다는(비록 마법사가 아닌 사기꾼이었지만) 오즈의 말이 사실이라면 왜 어른이 되어가며 텅 빈 마이너스 통장이 되어가는 걸까. 연지 엄마처럼 다 가진 사람의 통장은 플러스만 쌓이겠지만. 사람들은 아닌 척하지만, 분명히 알고 있어. 막상 나와 그들의 욕망의 파이 개수가 달라질 땐 이성적으로 대처하긴 어렵다는 걸. 용기, 지혜, 사랑, 이 세 가지만 있으면 삶은 행복해질까, 정말? 답이 없는 물음이었다. 그럼에도 지금, 이 순간 빛나는 아이들의 얼굴에 모니카는 행복했다. 무한히.

"똑똑. 원장님, 거기 계세요?"

"아, 샘, 미안해요."

"무슨 생각 하셔요? 테이프 저 혼자 돌리고 있었네요."

레이나와 함께하는 중국어 수업도 벌써 한 해가 다 되어갔다.

"아, 원장님, 저 어제 영화 <아비정전> 봤어요. 오! 장국영 매력 있던데요. 누군가 궁금했는데, 원장님 우상."

"오, 나 여고 시절 장국영 앓이 했었잖아. 영화 어땠어요?"

"음, 도입부에 흐르는 음악이 달콤하면서도 우수수 우수수 폭포처럼 내리고, 속옷 바람으로 맘보춤 추는 장면에서는 슬프면서도 공허한 그 눈빛, 휴…… 전 감당할 수 없는 타입이에요."

그래, 카메라 렌즈를 직시하던 감독도 분명 장국영과 사랑에 빠졌을 거다. 내 백 프로 건다. 무심한 피사체를 고통스러운, 애

털한 생명체로 탄생하게 하는 그 시선이 애정없이는 존재할 수 없지.

"만약 옆집 아저씨가 그런다고 상상해봐요. 그냥 런닝구에 메리야쓰가 되는 거죠."

"이그젝틀리! 장국영이니, 가능한 거야. 오, 레이나 쌤 뭘 느낄 줄 아시네."

"원장님, 근데 중국어 좀 느신 거 같아요? 복습은 꾸준히 하고 계시죠?"

"그렇지 않다는 거 알잖아요. 어려워. 중국어는 가까이하기에 너무 먼 당신이야."

"워 아이 니! 이것 하나만 기억하시면 돼요."

레이나는 빙긋 설 웃음을 지었다. 양보에 양보를 거듭하는 레이나는 역시 천사.

"내 생전 '워 아이 니' 어디서 써먹을 수나 있겠어요?"

"어머, 원장님 무슨 말씀을…….사랑은 영원하다. 절대 포기해선 안 돼요."

모니카는 문득 정색했다.

"쌤, '쉽진 않겠지만 멈추진 말자', 이거 중국어로 어떻게 해요? 나, 이거 하나만 건지면 돼요. 다른 건 모르더라도."

"네?"

"뜬금없죠? 하하."

"뭘요. 근데 원장님, 밖에 소리가……. 차임벨 같은데요."

모니카와 레이나는 수업을 멈추고 로비로 나왔다. 한 젊은 남자가 서 있었다. 본 적이 없는 얼굴이었다. 푹 눌러 쓴 모자에 눈이 거의 가려져 있었다. 물 빠진 겨울용 청재킷에 카고바지를 받쳐 입고 갈색 캐주얼화를 신었다. 낡았지만 나름 신경 써서 차려입은 듯한 옷차림이 위협적이진 않았다. 쭈뼛거리는 남자를 보며 상담을 하러 온 학부모는 맥 프로 아니라는 결론을 내린 모니카의 목에선 다소 서걱거리는 음성이 나왔다.

"무슨 일이시죠?"

"저……."

남자는 말을 잇지 못하고 계속 운을 떼기를 반복했다. 모니카

는 기다렸다. 잡상인은 아닌 듯했다. 뭘 부탁하러 온 것도 아닌
것 같은데. 남자가 마침내 모자를 벗었다. 무언가 수상한 이미지
와는 달리 앳된 얼굴이 드러났다. 관자놀이로 한 줄기 땀이 흘러
내렸다.

"저는 택배 일을 하고 있습니다. 제가 큰 잘못을 해서. 이 돈을
돌려드리려고 왔습니다. 정말 죄송해요. 잘못했습니다."

하얀 봉투를 내미는 넓고 두꺼운 손등을 보며 모니카는 갑자
기 가슴이 내려앉았다. 돌아보니 레이나는 무슨 일이냐는 듯 눈
에 힘을 주며 모니카에게 어깻짓을 했다. 모니카는 남자의 눈을
똑바로 바라보았다.

"제가 경찰에 신고하길 바라나요?"
"정말 죄송합니다. 제발 한번 봐주시면 안 될까요? 처음부터
나쁜 마음을 먹었던 건 아니었어요. 3층에 택배를 배달하러 계
단을 올라가다 봉투가 떨어져 있길래 열어보다 순간적으로 그
랬습니다. 이제야 돈을 돌려드리러 온 이유는…… 저, 돈의 절반
을 써 버려서 그걸 채우느라 시간이 걸렸습니다. 정말 죄송해요.
저, 원래 이런 놈 아닌데, 순간 돌았나 봐요. 정 용서 못 하신다

면…… 처벌도 받겠습니다. 각오하고 왔습니다. 어쨌든 죄송합
니다."

가느다란 눈매에 물기가 배어들기 시작했다. 남자는 재빨리
손등으로 눈을 훔쳤다.

모니카는 일부러 소리를 크게 내며 목을 가다듬었다.

"저도 바보였어요. 부주의해서 돈을 떨어뜨리고 나를 탓하고
보이지 않는 그쪽을 저주했어요. 뭐, 나도 잘한 건 없어요. 그래
도 일부러 돈을 돌려주러 오셨으니 받을게요. 처분은…… 저도
생각해봐야겠어요."

감사의 인사를 반복하는 남자의 창백했던 얼굴에 혈색이 돌았
다. 레이나와 모니카는 참 별일도 다 있다는 그들만의 눈빛과 신
호를 주고받았다.

그로부터 일주일이 지난 오후였다. 수업 마무리를 하고 모니
카는 레이나와 함께 겨울방학 특강 일정을 조정했다. 머리를 쥐
어짜며 시간 배분, 커리큘럼, 클래스 레벨 등을 논의하다 잠시
핫 초콜릿을 한잔하며 숨을 돌리고 있었다.

"아야, 혀 데였네. 정신이 번쩍 드네요."

"원장님, 괜찮으세요?"

레이나는 움찔하며 머그잔을 내려놓았다. 김이 모락모락 오르는 짙은 갈색 초콜릿은 힐링이었다. 그들만의 길티 플레져였다.

"학원인들 사이에 회자 되잖아요. 겨울방학 특강은 '죽음'이라고. 남들은 방학이다, 크리스마스 휴가다 해서 여행가고 노는데, 우린 더 빡세게 일해야 하는 시기니까. 숨 고를 틈도 없죠."

"그렇네요. 갑자기 핫 초콜릿 맛이 쓰디쓰네요, 하하."

조심스레 차임벨이 울렸다. 수줍은 듯 조심스레 울리는 그 소리에 둘은 고개를 돌렸다.

"어? 접때 그분···."

레이나는 말을 잇지 못했다.

남자는 오늘은 모자를 쓰지 않았다. 옷차림은 지난번과 별로 달라진 것은 없었다. 모니카는 곧장 다가가서 수줍어하는 남자에게 말을 건넸다.

"왔어요? 기다리고 있었어요."

레이나의 동공이 확장되었다. 입이 헤 벌어진 채 그녀의 눈망울이 재빨리 모니카와 남자를 오갔다.

"이쪽은 우리 보조 강사로 일하시는 레이나 선생님, 이쪽은 박수훈 씨. 씨라고 해야 하나, 군이라고 붙여야 하나, 하하. 서로 인사해요."

둘은 어색하게 고개를 숙였다.

"레이나 샘 놀랐죠? 수훈 씨가 얼마 전에 전화했어요. 여기서 영어를 배우고 싶다고요."
"원상님, 성인반은 안 하시잖아요?"

레이나가 금시초문이라는 듯 반문했다.

"맞아요. 예외라고 해두죠. 처음이자 마지막 성인반 해보기로 했어요. 회원은 수훈 씨 혼자, 특별반이라고 해두죠."
"다시 한번 감사드립니다. 저 정말 열공 할게요. 열심히 해서 나중에 토익도, 토플도 도전하는 게 목표예요."

갑자기 수훈의 목소리에 힘이 들어갔다. 죄인처럼 줄곧 말을 아
끼던 모습에서 딴사람이 된 듯했다. 사람이 저리 바뀔 수 있을까.

"기이한 인연이네요."

뜻밖이라는 다소 과장된 말투로 시작한 레이나는 말꼬리에 씁
쓸한 기운을 숨기지 않았다.

"특별한 인연이 될 수도 있겠죠."

모니카의 여유로운 확신에도 레이나는 미심쩍은 마음을 떨칠
수 없었다.

첫 수업을 마치고 수훈은 굳이 밥을 사겠다고 우겼다. 마지못
해 아래층 식당으로 내려갔다. 아이들 수업을 일찍 마치는 날 저
녁에 수훈의 수업을 넣었기에 모니카의 일정에 딱히 지장은 없
었다. 평일 저녁이라 식당은 한산했다. 늘 미소를 잃지 않는 푸
근한 인상의 사장님은 그날따라 돋보기를 쓰고 계산대에 앉아

책을 읽고 있었다. 잠시라도 앉아있는 모습을 보인 적이 없던 사장님이었기에 다소 낯설었다.

"사장님, 무슨 책이에요?"

레이나가 물었다.

"아들이 읽던 무협진데 시간 가는 줄 몰라. 저 양반 푹 빠져서 정신을 못 차려."

식당 안을 구석구석 세팅하던 여사장님의 푸념이 쏟아져 나왔다. 그래도 술이나 도박도 아닌 책에 빠진 거니 귀엽다는 말을 덧붙이며 한쪽 눈을 찡긋했다.

"오늘은 한 분 더 계시네. 뚝배기 하나, 해물 둘?"
"오케이, 땡큐, 맴!"

레이나가 거수경례를 경쾌하게 날렸다.

"술 한잔하실래요. 수훈 씨?"

모니카가 맥주잔을 내밀었다.

"아니요, 원장님. 전 술을 못합니다. 아니, 안 합니다."
"앵? 젊은 사람이 술도 못하고. 모처럼 술친구 한 명 더 생긴 줄 알고 좋아했는데."

모니카는 웃으며 레이나의 잔에 맥주를 따랐다. 넘칠 듯 아슬 아슬한 거품을 보며 레이나의 미간에 살짝 주름이 졌다.

"저 어릴 때부터 사고 많이 쳤어요. 실업계 고등학교도 겨우 졸업하고, 알바로 전전했어요. 술 먹고 친구들한테 분풀이하고 애먼 사람 괴롭히고 꼬장도 많이 부렸죠."

끓어오르는 뚝배기를 바라보는 수훈의 눈은 긴 속눈썹으로 그늘이 졌다. 잠시 침묵이 흘렀다. 수다를 떨며 계산대에 기대 통화를 하던 여사장님도 흘낏 고개를 돌렸다. 모니카는 맥주를 한 모금 삼켰다. 개미눈물만큼 조심스레 삼킨 맥주가 목구멍을 쓰리게 했다.

"진탕 마시고 겁도 없이 오토바이에 친구 놈을 태웠어요. 그땐 모든 게 그냥 괘씸하고 미웠어요. 3차 대전이라도 터져서 세상 모든 것들을 쓸어버렸으면 했어요. 뭘 하고 싶은 것도 없고, 그냥 하루하루 사는 게 내 탓이 아닌 남의 탓 같고……. 그냥 달렸어요. 달리면 그냥 다 잊을 수 있었고, 날아갈 수 있다는 착각에 빠졌던 것 같아요."

수훈의 옆모습을 뚫어질 듯 바라보던 레이나는 티슈를 뽑았다. 무의식적인 준비 태세였다. 타인의 슬픔을 안아 주고 지켜봐 줄 준비. 수훈의 눈에 붉은 기가 번졌다. 다행히 그것으로 그쳤지만, 그 붉은 기운이, 번져가는 노을이 가슴을 저미게 했다.

"언제든 전화하면 자다가도 나오던 녀석이었어요. 해가 뜰 때까지 함께 잔을 기울여 주고, 달려와 주던 녀석이었는데……. 그 녀석을 보내고 오랫동안 방황했어요. 집을 나오고, 부모님은 저를 잡으러 다니고. 한동안 숨바꼭질을 했죠. 술을 마시고 길거리에서 뻗었던 날이었어요. 파출소로 찾아온 엄마는 제 등을 쓰다듬으며 말없이 눈물만 흘리셨어요. 집으로 갈 때까지 엄마는 아무 말도 하지 않고 제 손을 꼭 잡았어요."

모니카는 수술실에 들어가기 전 나란히 누운 엄마를 떠올렸다. 엄마의 침묵은 터지기 전 머금은 불꽃이었다. 마지막 남은 촛불을 꺼트리지 않으려는 몸부림으로 모니카의 파리한 얼굴을 바라보았다. 여진아, 우리 딸, 괜찮을 거야, 다 잘 될 거야, 걱정하지 마. 엄마가 왔잖아.

수훈은 성실한 제자였다. 몇 달째 이어온 수업에서 출석과 과제를 결코 소홀히 하지 않았다.

"우와! 숙제를 잘 해왔네요. 굿 잡!"

모니카의 칭찬에 수훈은 머리를 긁적이며 손을 저었다.

"모르는 문제가 많아서, 밤새도록 붙잡고 늘어졌는데 많이 틀렸을 거예요."

진지하게 채점하던 그녀의 얼굴이 환해졌다.

"수훈 씨는 왕초보니까 익숙해지기까지 문법이 어려울 수 있어요. 문법은 규칙이에요. 세상을 살면서 지켜야 할 규칙. 자고 일어나 이불을 개고 밥을 먹고 이를 닦듯 말과 글의 세상에서 지켜야 할 규칙이죠. 겁먹을 필요 없어요. 차근차근 지금처럼 열심히 하면 돼요."

"어렵지만 재밌어요, 어릴 때 학원이라고 가 본 적이 없었는데 지금 이렇게……. 그것도 원장님과 일대일 교습이라니 꿈만 같아요."

"저도 왕초보예요. 레이나 샘한테 중국어 배우잖아요. 해도 해도 초보에서 벗어날 수 없네요. 난 좀 게을러요. 수훈 씨처럼 열심히 하지 않으니까요. 하하."

"와! 레이나 샘 중국어도 가르치세요? 대단하네요. 전에 알바했던 중국집 사장님이 화교였는데 쌀라쌀라 무슨 외계어처럼 들리던데……."

아이처럼 감탄하는 수훈이 모니카는 귀엽게만 보였다.

"수훈 씨 보니까 내가 반성이 되네요. 나도 더 열심히 해야겠어요. 게으름 부리지 말고."

수훈은 잠시 속눈썹을 깔더니 톤을 낮추었다. 모니카에게 눈을 맞추며 수줍게 미소를 지었다.

"원장님은 좀 게을러질 필요가 있어요. 그러셨으면 좋겠어요. 늘 보면 너무 애쓰신다는 생각도 들고, 너무 힘이 들어가 계신 것 같아요."

"호, 수훈 씨! 갑자기 점쟁이처럼 보이네. 나를 그렇게 관찰하고 있었다니. 무서워요."

모니카는 수훈의 그 관찰이 불편하지 않았다. 오히려 기분 좋은 관심을 받고 있다고 여겨지니 저도 모르게 빙그레 입가가 올라갔다.

"다음 수업엔 쉬운 영어 동화책 읽을 거예요. 겁먹지 말고. 재미있을 거라 보증합니다."

"겁은 나는데 기대됩니다. 땡큐, 티쳐!"

교실 청소를 마치고 모니카는 끙하고 허리를 폈다. 레이나가 청소 도구를 받아 들었다.

"원장님, 오늘 잠시 시간 되면 우리 집에 들렀다 가실래요? 중국어 동화책이 집에 많은데 제가 골라드릴게요. 원장님 읽고 싶은 거 고르셔도 되고요."

"어머, 쌤 집에 가도 되겠어요? 불편하지 않겠어요?"

레이나는 동그란 안경테를 다시 끌어 올렸다. 자주 서리가 끼는 안경이 불편하고 안쓰럽게 보였다.

"학원에서 가까워요. 십 분만 걸으면 돼요. 아파트 단지 뒤편 주택가에 있어요. 저 이 동네 개발되기 전부터 자리 잡은 터줏대감이에요. 산 역사라고 할 수 있죠. 에헴."

마지막 점검을 한 뒤 현관문을 닫았다. 복도를 지나 계단을 내려가며 모니카는 흡족하게 말했다.

"용범이 아버님 CCTV가 제 역할을 톡톡히 한다니까. 나 한시름 놓잖아요. 요즘 교습소 환경이 조용하고 깨끗한 게 용범이 아버님 덕분이에요. 가짜라고 무시하면 안 된다는 거, 알겠죠, 레이나 쌤?"

살을 에는 공기에도 반짝이는 상가 조명들은 선물상자처럼 예뻤다. 연말이 올 때면 모니카는 지독하게 추웠다. 노인들이 입는 두꺼운 내복을 껴입고 얇은 셔츠를 겹겹이 덧입었다. 그래도 뼛

속 깊이 겨울이 매웠다. 연말도 이렇게 포근할 수 있구나, 이젠
껴입지 않아도. 레이나, 베가, 그리고 아이들과 함께하는 이번
겨울은 견딜만했다. 겨울은 이제 그녀가 가장 싫어하는 계절의
순위에서 내려왔다. 겨울을 뛰어넘고 가을에서 봄이 되길 얼마
나 바랐는지. 아주 늙어버리기 전에 사계절 따뜻한 남쪽 나라로
이민 가리라 얼마나 손꼽았는지. 아파트 단지를 벗어나 주택가
어귀로 접어들며 모니카는 아늑해졌다. 오래된 주택들이 나란히
사이좋게 골목 사이로 이어졌다. 집으로 가는 길이었다. 레이나
의 팔을 잡았다.

"쌤, 여기 슈퍼에 들러 뭐 좀 사야겠어요. 빈손으로 갈 순 없죠."

만류하는 레이나를 뒤로하고 모니카는 가게 안으로 들어갔다.
음료수 세트랑 과일 한 바구니를 샀다. 레이나랑 짐을 나눠 들고
오르막길을 올랐다. 하악하악 숨이 가빠졌다. 차가운 밤공기 사
이로 안개가 피어올랐다.

"레이나 쌤, 날씬한 이유가 있었네요. 매일 이렇게 오르락내리
락하니 따로 다이어트가 필요 없겠어요."

모니카는 허리를 두드렸다. 서로 닮은 대문들이 도란도란 줄 지어 있는 골목으로 들어서자 보이는 첫 대문으로 레이나는 열 쇠를 찔러 넣었다. 조그만 정원이 보이고 현관으로 이어졌다. 꽤 오래된 아담한 주택이었다. 좁은 거실엔 앉은뱅이 소파가 하나 있을 뿐 휑했다.

"원장님, 좀 앉으셔요. 따뜻한 차라도 한잔 드세요."

그때 안방으로 보이는 문이 끼익 열렸다. 할아버지 한 분이 엉 거주춤 거동이 불편한 듯 반쯤 몸을 내밀었다.

"현진이 왔냐? 오늘 일찍 왔네."
"네, 할아버지. 손님 오셨어요. 우리 학원 원장님이세요."

모니카는 엉겁결에 과일이 담긴 비닐봉지를 털썩 내려놓았다. 허리를 잘 펴지 못하는 남자 노인을 본 적이 없었다. 가까이서 보니 주름이 거의 없는 혈색 좋은 어르신이었다. 레이나랑 많이 닮으셨네. 동글동글한 이목구비에 동안이 내력이구나.

"안녕하세요. 처음 뵙겠습니다."

"할아버지예요. 우리 할아버지, 잘 생기셨죠?"

"우리 현진이, 일 잘하는지 모르겠네. 애는 착하고 부지런합니다. 우리 현진이 잘 부탁합니다."

좁지만 아담한 레이나의 방에서 따뜻한 율무차를 마시며 모니카는 책장이며, 화장대 위에 빼곡히 놓인 앙증맞은 인형들을 둘러보았다. 레이나는 갑자기 쑥스러운 듯 머리를 숙였다.

"원장님, 저, 원장님께 거짓말했어요. 죄송해요. 할아버지랑 저 단둘이 살아요."

다른 가족들이 보이지 않지만 뭐 그런가 보다 하고 별생각이 없었던 모니카는 레이나의 정색에 얼굴 근육이 살짝 뻣뻣해졌다. 손수건을 꺼내 일부러 얼굴을 매만졌다. 혹여라도 대책 없이 눈물이라도 떨어지는 사태를 대비하려는 속내가 더 컸지만.

"그럴 수도 있죠. 쌤 사생활인데요. 괜찮아요."

모니카는 따끈한 율무차가 넘어가며 부드러워진 목구멍을 괜한 잔기침으로 가다듬었다.

"저 할아버지가 키워주셨어요. 아빠랑 엄마는 돈 번다며 집을 나갔대요. 사업만 하면 망하는 아빠가 감당할 수 없게 되니까 결국 저만 맡기고 중국으로 갔다는데 소식이 끊겼대요. 그 뒤로 얼마도 나가버리고. 할아버지가 아주 힘들었어요. 저 키운다고. 집 짓는 일을 오래 하셨는데 일하다가 허리를 다치셨어요."

"레이나 쌤 정말 반듯하게 키우셨네요. 내가 엄마였다면 쌤 같은 딸 낳고 싶을 정도야. 할아버지도 좋으신 분 같고. 선비 같으셔. 맑고 곧은 이미지가."

레이나의 눈빛이 그제야 부드러워졌다.

"어릴 때 할아버지가 한자를 가르쳐주셨어요. 중고 책방에서 구해오신 천자문, 명심보감 같은 책들로요. 한자를 익히면 유용할 거라 말씀하시면서요. 저 대학 갈 때도 중국이 전공하는 게 어떠냐고 조언해 주셨어요. 앞으로 중국이 뜰 거라고요. 할아버지 부모님, 그러니까 증조할아버지, 할머니가 조선족 출신이거든요."

낡은 사진첩을 꺼내 들고 레이나는 함박 웃었다.

"여기 보세요. 할아버지 젊었을 때, 여긴 저 꼬맹이 때요. 하하, 웃기죠?"

흑백 사진들 속에서 할아버지와 레이나는 아버지와 딸이었다. 세상에서 가장 사랑하고 결속된 완벽한 가족이었다. 레이나와 나, 데칼코마니 같다. 아니, 도플갱어라 해도 될는지. 우린 참 닮은 꼴이다. 낡은 외벽을 뚫고 스며든 외풍인지 감기 기운인지, 정체 모를 매운 놈이 시큰해진 코를 타고 모니카의 두 눈물샘을 주책스레 자극하기 시작했다.

매직 핑거가 필요해

아이들 겨울방학이 일주일 앞으로 다가왔다. 초등학교라곤 하나밖에 없는 동네의 정보망은 좁았다. 학교행사를 비롯해 누구네 아이가 공부를 잘하는지, 사고뭉친지, 이번 시험에서 누가 일등을 했는지 학부모들의 신경전도 장난이 아니었다. 방학은 해방이 아니라 엄마들의 치열한 대리전이 물밑에서 벌어지는 또다른 격전의 시간이었다. 이번 방학엔 비밀과외나 특강으로 우리 애를 빡세게 굴려서 어떻게든 앞서거나 따라잡게 하려는 다짐으로 엄마들은 칼을 갈았다. 모니카는 두 달 전부터 방학 특강으로 고민해왔다. 다른 학원들처럼 그저 그런 코스들로 구색만 맞추기 위한 플랜은 아닌 거 같다는 생각에 새로운 아이디어를 들볶고 짜내고자 했다. 동네 작은 교습소지만 뭔가 다른 색깔을 가지고 싶었다. 수천 장의 전단 홍보보다 입 하나가 최적의 마케팅이듯 그 입소문을 확인시켜줄 수 있는 특강을 준비하고 싶었다. 지하철을 타며, 길을 걸으며, 이를 닦으면서도 모니카는 생각했다.

학부모 다섯 명이 모였다. 예상 밖의 숫자였다. 고심 끝에 겨울방학 특강으로 아이들이 아닌, 학부모 영어 원서 읽기 교실을 기획했다. 학교를 끝으로 영어와 담장을 쌓았을 것이 뻔한, 아이들 교육에만 온통 신경 쓰느라 활자와는 거리가 멀었을 어머니들을 떠올렸다. 참신했지만, 과연 몇 명이나 관심을 가지고 모일 수 있을까 걱정했다. 다섯 명만 되도 대박이었다. 무엇보다 홍민 엄마가 특강에 참여한 건 의외였다. 모니카는 내심 짜릿했다. 수훈과 수업하면서 성인 또한 배움을 지속해야 하고 충분히 도전할 수 있다는 확신과 희망을 품었다. 석회처럼 굳어진 다 큰 머리도 아이처럼 열의를 띠며 말랑해져 가는 것을 보는 건 가르치는 사람에게 또 다른 희열로 다가왔다. 아이들 특강은 왜 뺐냐는 질문을 한 학부모도 첫 수업을 하고 난 후 내심 만족스러운 눈빛을 띠었다.

"어머님들, 추운데 이렇게 모두 나와주셔서 감사드려요. 길이 빙판으로 덮였던데 오갈 때 조심조심, 아시죠? 혹시라도 다치시면 제 심장이 더 꽁꽁 얼어붙어요."

엄마들은 손뼉을 쳐가며 자지러졌다.

"어머, 원장님 고상하기만 한 줄 알았는데 애교도 부릴 줄 아시네."
"제 숨겨진 뜨거운 마음이에요."

모니카는 열 손가락으로 하트를 만들어 날리는 시늉을 했다. 즉석에서 나오는 애드리브에 내심 화들짝 놀라면서도 저절로 미소가 나왔다. 잘했어. 성인 수업이 더 재밌네. 학부모들과 소통도 하고. 모니카는 따뜻한 보리차를 한 모금 마시며 풀린 목을 가다듬었다. 수업 전 간단한 티타임을 하며 워밍업 하는 짧은 시간도 달달했다. 서서히 분위기가 달아오르며 수업이 무르익어갔다.

"오늘은 로알드 달의 『The Magic Finger』를 읽고 토론하겠습니다. 혹시 예습해오신 어머니 계신지요?"

"저요, 선생님. 호호호, 저 어제 새벽까지 열공했잖아요. 모르
는 영어 단어도 찾아 노트에 적어왔어요. 여기 보세요,"

기다렸다는 듯 손을 번쩍 든 연지 엄마가 두꺼운 대학노트를
모니카 쪽으로 내밀었다. 빼곡하게 영어 단어들이 예쁜 글씨체
로 줄을 메우고 있었다.

"어머, 연지 어머니. 모범생이시네요. 굿 잡!"

연지 엄마의 얼굴이 껍질을 깐 삶은 달걀처럼 맨들맨들 윤이
났다.

"대단하다. 연지 엄마! 감동, 감동. 나도 열공해야지. 질 순 없지."

주리 엄마가 질시의 눈빛을 던지며 호들갑을 떨었다.

"네, 앞으로 기대 하겠습니다. 이렇게 예습해오시는 분이 수업
마다 늘어, 전원 채우기를요."

"흥, 누군 머리가 없어서 못 하나. 종일 손톱 밑이 따갑도록 파

마 말고, 머리 자르고, 허리 펼새도 없는데 무슨 공부를 해요."

　모니카는 홍민 엄마가 안쓰러웠다. 홍민 엄마가 특강에 대한 관심보단 엄마들 틈으로 어떻게든 비집고 들어와 정보라도 하나 더 캐어내는 게 목적이란 걸 모니카도 모르진 않았다. 방심하는 사이에 홍민이 뒤처지기라도 할까 조바심하는 낯빛을 줄곧 보아 온 터였다. 모니카는 홍민 엄마에게 눈을 맞추면서 손뼉을 쳤다.

　"홍민 어머니, 정말 대단하셔요. 주경야독의 표본이세요. 존경합니다!"

　얼떨결에 박수 세례가 작은 교실을 가득 채웠다.

　워밍업이 끝나고 수업이 시작되었다. 각자가 한 페이지씩 맡은 부분을 읽어오고 감상을 말하는 것으로 진행되는 수업이 초보인 어머니들에겐 쉬운 과제가 아니었기에 거의 모니카가 이끌어갔다. 영어를 접해본 시간의 갭이 크고, 외국어인 영어가 어렵고, 아이의 성공을 위한 도구로만 신성시했던 어머니들은 설렘, 호기심과 기대로 한껏 부풀었다.

"지난번에 말씀드린 것처럼 전체 줄거리는요. 평범한 소녀가 마법의 손가락을 가지게 되는데 무언가 불의, 잘못된 것을 보고 화가 날 때마다 마법의 손가락이 빨갛게 달아올라 괴력이 분출되고 그 대상을 응징한다는 대략적인 이야기입니다. 로알드 달은 어린이를 주인공으로 많은 이야기를 썼습니다. 특히 불의를 저지르는 사악한 어른을 풍자하는 주제를 많이 다루었습니다."

연지 엄마가 손을 번쩍 들었다.

"이 스토리는 오리 사냥을 즐기던 한 가족이 오리로 변해 그동안 당해왔던 오리들에게 앙갚음당하는 이야기에요."

"그렇죠. 생명을 거리낌 없이 파괴하는 한 가족의 비극, 성찰, 용서, 뭐 이런 교훈들이라 볼 수 있죠. 연지 어머니, 자세히 읽으셨네요."

홍민 엄마가 갑자기 허리를 숙이며 가방에서 무언가를 주섬주섬 꺼내기 시작했다.

"잠시만요. 깜빡 잊고 있었는데, 떡을 좀 해왔어요. 다들 공부하다 보면 시장한데."

비닐봉지에 하나씩 싸 온 백설기엔 아직도 김이 서려 있었다. 검은콩이 점점이 박힌 먹음직스러운 백설기를 보니 모니카도 군침이 돌았다. 오늘 아침도 거른 상태였다. 그녀의 꿈들, 늦잠

"어머, 너무 맛있겠다. 우리 좀 먹고 할까요? 떡이라면 못 참지."

주리 엄마와 민수 엄마는 벌써 야무지게 묶인 봉지를 하나씩 풀고 있었다. 해식 엄마는 아예 일어나 차를 준비하려고 교실 문을 냉큼 열고 나갔다. 흠…… 엄마들의 수업이란. 모니카는 한숨을 내쉬며 백설기를 집어 들었다.

"근데 이 가족들 보면 꼬맹이도 장난감처럼 총을 들고 사냥 나가잖아요. 우리랑은 마인드가 다른 거 같아요. 총을 이리저리 밭일하듯 아무렇지도 않게 빵빵 쏘아대니."

해식 엄마는 통통한 양 볼이 터질 듯 백설기를 우적우적 씹었다. 홍민 엄마가 유자차가 담긴 종이컵을 해식 엄마에게 내밀었다.

"아이고, 체하겠다. 나한테 원망 말아. 해식 엄마."
"아이고, 형님, 너무 맛나서 둘이 먹다가 하나 죽어도 모르겠

어요. 호호호."

모니카도 따뜻하고 달달한 백설기에 텅 비었던 속이 차오르고 피로가 확 풀렸다. 힘이 마구마구 솟는 듯했다.

"홍민 어머니! 너무 맛있어요. 감사합니다."
"예전에 미국 여행을 하다가 동네 마트에 들어갔는데 구석에서 총을 버젓이 팔고 있더라고요. 말이 미국이지, 살 데는 못 된다고 생각했어요. 끔찍해요."

홍민 엄마는 연지 엄마에겐 눈길도 주지 않고 옆에 놓인 백설기 봉지를 뚫어지라 노려보았다.

"연지 엄만 대단하네. 미국도 가 보고. 난 물 건너 제주도도 못 가봤는데. 의사 싸모님은 다르긴 다르네."
"아이고, 신혼여행 갔다 왔지 않아? 자기. 제주도는 가 보고 그래."

해식 엄마가 홍민 엄마의 옆구리를 찔렀다.

"미용실 시다 주제에 무슨 제주도? 신혼여행도 못 가봤어."

분위기가 점점 살얼음판이 되어가고 있다는 걸 감지한 모니카는 손뼉을 쳤다.

"자자, 어머님들. 이제 수업 마무리할 때가 되어가네요. 오늘 읽으신 스토리 재미있었어요?"
"네, 원장님. 다음 시간엔 예습해오도록 노력해볼게요, 호호."

그제야 어머님들이 입을 모았다. 다행히 수업은 평탄하게 마무리되는 분위기였다.

"모두 생명을 사랑합시다. 오리한테 미움 사지 않게. 난 오늘 주리 이뻐 매직 핑거 날려서 한 방에 가게 해야겠네."
"그 매직 핑거가 뭔데? 뭐, 밤 되어야 하는 거야? 주리 엄마 비장의 무기?"
"아이, 왜 이래? 선수가……. 쪼매 부끄럽네, 호호."
"그럼 나도 오늘 밤에 매직 핑거 날려볼까나? 오랜만에. 호호호."

수업을 마친 모니카는 영 찜찜했다. 이제껏 별로 심각하게 여기지 않았는데 연지 엄마와 홍민 엄마 사이의 공기가 점점 민감하게 다가왔다. 여유로움에서 나올 수 있는 당당함과 오만이 연지 엄마의 트레이드마크라는 공공연한 사실이 서서히 파장을 일으키고 미묘한 균열을 가져오고 있었다. 연지 엄마의 태도는 민폐를 끼치지 않는 범위에서 적당한 호감을 주었다. 그렇다고 부유한 환경에서 자라 사회적으로 안정된 전문직의 남편, 귀여운 두 딸이 연지 엄마의 온전한 날개라 생각해 본 적은 없었다. 그냥 타고난 적당한 낙천성과 여유로움이려니 했다. 간절히 필요할 때 엄마가 없었고, 아빠를 보지 못했지만 그런 결핍을 타인에게 투사해 본 경험은 없었던 모니카였다. 저 사람은 원래 가졌구나. 운이 좋던지, 나름 피나는 노력을 했겠다. 딱 거기서 끝. 더 나아가기엔 그녀의 시간은 여지를 주지 않았다. 남을 돌아볼 시간, 비교할 여유조차 그녀에겐 사치였다. 방학다운 방학, 휴가다운 휴가를 보내보기도 전에 모니카는 세상을 알아버렸다. 삶의 즐거움을 진심으로 음미하기엔 그녀가 너무 늙어버렸다는 걸, 지쳐 버렸다는 걸 아쉽지만 인정해야 했다. 홍민 엄마를 볼 때마다 그녀는 안쓰러움과 약간의 경멸이 뒤섞인 가책을 가졌다. 홍민 엄마가 걸어온 시간 위에 외로이 서 있는 차가운 눈사람이 보였다. 반짝반짝 빛나는 썰매, 발그레한 아이들의 손길 대신 모자도, 빨간 털장갑도 없는 민낯의, 벌거벗은 채 떨고 있는 버려진

눈사람. 모니카는 당장이라도 달려가서 모자도 씌워주고, 손수
짠 목도리도 둘러주고 싶었다. 아무도 오지 않는 겨울밤, 안개
속 레몬 빛 가스등을 들고 달려가 따스하게 비춰 주고 싶었다.
찜찜하면서도 답답한 가슴이 아까 먹었던 백설기 때문인지, 홍
민 엄마의 눈빛 때문이지 정확히 알 수 없었다.

긴 겨울이었다. 밤은 가도 가도 끝이 없었다. 모니카는 잠이
오지 않으면 일부러 벽돌 책을 꺼냈다. 오백 페이지가 넘는 두꺼
운 책을 내용도 모르고 읽다 보면 눈꺼풀은 폭설로 내려앉듯 힘
없이 꼬리를 내렸다. 주위에 불면증으로 고통받는 사람들을 보
면 그 어떤 수면제보다 압도적인 벽돌 책을 권했다. 이제 벽돌
책도 그 효험을 다했다. 불면증이란 남의 얘기가 아니었다.

수면제를 처방받기는 싫었다. 나락으로 떨어질 것 같았다. 약
에 의지해버리면 그걸 제외하곤 그 누구에게도, 무엇에게도 미
음을 주지 못할 것 같았다. 사람이 자지 못하면 죽기라도 할까.
아기 손바닥만 한 쪽잠이라도 자니 설마 죽기야 할까. 그렇게 버
텼다. 갈 데까지 가 보자. 커튼 사이로 스며드는 도로의 소음과
불빛에 눈을 고정한 채 이리저리 뒹굴뒹굴할수록 그녀의 머릿속
은 엉겼다. 밤새 엉겨 풀지 못한 실타래로 시작된 아침도, 낮도
무거웠다. 아이들, 학부모들, 이달의 수입, 지출, 손익 분기점,

교습소의 미래, 홀로 늙어가는 그녀의 삶이 긴긴 밤을 지나 환한 낮까지 이어졌다. 그럼에도 모니카는 힘겹게 미소 지을 수 있었다. 엄마를 만나서 다행이야. 엄마가 나를 찾아주어서 고마워. 난 운이 억세게 좋아.

"원장님, 이거 중국어 번역판 『연금술사』인데 한번 읽어보셔요. 전 너무 좋았어요. 제가 드리는 선물이에요."

레이나가 얇은 셀로판지로 포장된 책을 내밀었다.

"어머, 왓 어 서프라이즈! 정말 고마워요. 책 선물 받아본 게 언젠지도 모르겠네. 근데 이거 도전인데. 중국어로 읽을 수 있을지."
"문장이 그렇게 어렵지 않아요. 원장님 충분히 읽으실 수 있을 거예요."
"안 그래도 학부모 특강반에서 이 책 한번 읽어보려고 생각했는데. 신의 계시네요!"

레이나는 잠시 주저하더니 미간을 살짝 찡그렸다.

"근데 요즘 특강반 분위기가 심상찮던데요. 살얼음판 같기도 하고, 마치 빙산의 일각 같다고 할까요. 뭔가 곧 터지는 건 아니겠죠?"

모니카도 갑자기 심각해졌다. 마시던 둥굴레 티백이 든 컵을 내려놓았다. 달달한 커피 믹스가 당겼다.

"글쎄요, 나도 어떻게 해야 할지 잘 모르겠어요. 어머니 특강반을 괜히 만들었나 후회가 되기도 해요. 수업할 때마다 가슴이 조마조마하잖아. 오늘은 또 어떤 일로 분위기가 반전될지, 누구 엄마가 급발진할지. 아, 머리 아프다니까요. 왜 사서 고생인지……."

레이나는 괜히 포장지를 입은 책을 쓰다듬었다. 모니카인 듯 위로하는 섬세한 손가락 아래로 노란 물방울무늬 포장지가 수줍은 듯 바삭거렸다.

남겨진 눈사람

연극이 끝나고 조그만 뒤풀이가 시작되었다. 봄 학기를 맞아 신입생 맞이 이벤트로 기획되어 시작된 영어 연극은 어느덧 명작 영어교습소의 시그니처가 되었다. 뒷골목 조그만 교습소가 유명세까진 아니지만, 차츰 엄마들의 입방아에 오르내렸다. 교습소는 드디어 돼지 엄마의 조력에서 벗어나 스스로 걸음마를 시작했다. 생각보다 많은 에너지를 써야 했지만 조금씩 보이는 성과에 모니카는 보람을 느꼈다. 연극이란 힘들지만, 매력적이야. 인생에서 각자 맡아야 할 배역이 고정되어 있다면 얼마나 심심할까. 연극을 해보며 다른 인생을 엿볼 수 있고, 가능성을 찾을 수 있다는 건 부인할 수 없는 매력일 것이다. 모니카는 자신이 한낱 원숭이 떼 중 하나에 불과하다 여기며 살아왔지만, 그녀에게도 어쩌면 도로시, 사자 역을 맡을 수 있는 기회가 올 수도 있을 것 같았다. 삶은 무대가 되고 모두가 그들의 배역에 몰두하다 보면 한편의 공연이 끝난다. 연극이 끝난 뒤 텅 빈 무대를 보며 공허감에 빠지는 게 누군가는 두렵다고 했다. 그 두려움 때문에 연극을 하지 않을 순 없었다. 주연이든 조연이든 악역이라도 맡지 않고 객석에만 머물러있다면 공허감은 더 심해질 것만 같았다. '연극이 끝난 후에 오는 공허감은 차라리 의미 있는 공허감이 될 거야.' 모니카는 지금 자신이 맡은 배역을 곱씹어보았다. 연극은 끝나봐야 안다. 그 배역이 주연이 될지 악역이 될지 그녀 자신도 몰랐다. 단지 공연이 무산될 위기가 올지라도 포기하지 않고 끝까지 연극을 마무리해내는 것도 의미가 있을 거란 결론에 도달했다. 아이들이 준 에너질까. 어쨌든 모니카는 지금 맡은 배역이 마음에 들어가기 시작했다.

학부모들은 각자의 아이를 챙기고 준비한 도시락을 함께하며 즉석 피크닉을 열었다. 모니카는 북새통 속에서 베가, 레이나와 함께 연극 피드백을 나누고 있었다. 그때였다. 홍민 엄마가 양손

가득 큰 쇼핑백을 들고 교실 문을 들어섰다. 특강이 끝난 후 몇 달째 미용실을 들르지 않아 모니카는 겸연쩍게 인사했다. 괜히 미묘하게 불편했던 그 분위기를 쓸데없이 연출한 것만 같아 홍민 엄마를 피해왔다.

"어머, 원장님, 안녕하셨어요. 오늘 홍민이가 연극을 한다고 해서 오랜만에 들렀어요. 홍민이 상담도 할 겸."

대단치 않은 역할이었지만 홍민은 재밌어하며 연습을 게을리 하지 않았다. 사자 역할이라도 하고 싶었던 속내를 드러내지 않았던 홍민은 욕심이 없는 아이였다. 마법사 역을 바랐던 엄마는 다그쳤다.

"홍민아. 원장님께 네가 오즈 하겠다고 꼭 말씀드려. 자꾸 말씀드리면 그렇게 해주시잖아."

홍민은 그러는 엄마가 싫었다. 오즈 같은 역할은 부담스러웠다. 원숭이 떼 중 하나라도 좋았다. 파묻혀 드러나지 않더라도 마냥 신났다.

'엄만 내 마음도 몰라주고……'

"손님들이 몰려와서 겨우 마무리하고 나왔어요. 일찍 오려고
했는데 연극이 끝나버렸네. 먹고 사다고 자식 공연하는 거두 못
보고, 제가 이래요."

모니카는 홍민 엄마의 통통한 손을 잡았다.

"어머니. 별말씀을 다 하세요. 이렇게 와주신 것만 해도 감사
드려요. 거기다 간식까지 준비해주시고."

홍민 엄마는 그제야 양손에 든 쇼핑백을 털썩 내려놓았다. 꽤
무거워 보였다.

"식혜를 만들어 봤어요. 여긴 겨울 지나면 봄도 없잖이요. 날
도 더워지고 해서요. 엿질금 듬뿍 넣어 진하고 달달한 제가 만든
식혜를 가세 손님들이 좋아해요. 넉넉히 만들었어요."

홍민은 제법 목소리가 굵어지고 젖살 통통했던 얼굴과 목이
갸름해지며 소년티를 제법 냈다. 늘 아기처럼 먹이고, 입히고,
어르고, 달래왔던 하나밖에 없는 아들이 생각도 못 한 얼굴을 할

때, 행동할 때마다 홍민 엄마는 대견한 한편 마음이 복잡해졌다. 게임하는 시간이 늘어만 가고 밥을 먹을 때 외엔 제방에 틀어박혀 얼굴 구경하기도 힘들어졌다.

"홍민아, 게임 그만하고 공부해야지. 영어 숙제는 다 하고 하는 거야?"

설거지하던 홍민 엄마는 빽 소리를 질렀다. 이놈의 확성기는 시도 때도 없이 나발을 불어댔다. 홍민 엄마도 어느 순간부터 제어할 수 없게 되었다. 닫힌 문에선 아예 응답도 없었다. 녀석도 질렸겠지. 아빠는 허구한 날 집에 붙어 있지도 않고 나돌아다니지, 엄마는 눈만 마주치면 소리를 빽빽 질러대지. 엊그제 미용실 개업 10주년 이벤트라는 빌미로 파마, 커트 반값 할인이 박힌 현수막을 가게 앞에 세웠다. 경기가 안 좋아지니 미용실 손님이 많이 줄었다. 예전 같으면 명절이나 휴일이 끼면 손님이 두 배는 모여들었다. 아파트 상가라는 나쁘지 않은 목에도 불구하고 요즘은 손님을 이제나저제나 기다리고 있는 시간이 늘어만 갔다. 제 목소리를 높여가거나 침묵으로 일관하는 두 가지 액션만을 취하는 홍민을 보노라면 어깨 힘이 절로 빠졌다. 홍민 아빠를 포기한 지는 오래되었다. 아예 가게를 홀로 도맡아 하다시피 하는 지금, 홍민 아빠의 부재는 오히려 짐을 하나 내려놓은 홀가분함으로 다가왔다. 어디서 뭔 짓을 하든 이제 나도 몰라. 자유 남편 하겠다는데 한번 해보라지. 뜨거운 맛을 보고 나면 기어들어 오겠지. 세상이 호락호락한 줄 아는 화상.

'딩동댕'

경쾌한 <루돌프 사슴코> 멜로디의 차임벨이 울렸다. 커피를 한잔 마시려고 일어서던 홍민 엄마는 반가운 마음에 고개를 돌렸다.

"안녕하세요, 홍민 어머니."

모피코트 깃을 여미며 연지 엄마가 들어섰다. 새로 장만한 듯한 명품백을 소파에 내려놓고 새삼스레 가게 안을 둘러보았다. 햇빛을 받아 포근하게 쌓인 눈이 반사된 듯 담비 코트가 눈부셨다.

"어머, 연지 엄마가 웬일로? 머리하러 온 거예요?"

저 여자가 뭔 일로 머리를 다하러 왔지. 시내 고급 뷰티숍에만 드나드는 싸모님이. 반갑지 않은 손님이었지만 그래도 받아야지. 텅 빈 가게 안을 둘러보는 연지 엄마의 무심한 눈길에 홍민 엄마는 마치 자신이 맨몸으로 서 있는 듯했다.

"차라도 한잔하실래요? 머리하러 온 건 아닌 것 같은데."

연지 엄마는 겸연쩍은 미소를 살포시 짓다가 정색을 했다.

"다른 게 아니라, 학원 연극 얘기에요. 홍민 엄마도 알다시피 도로시 역이랑 사자 역이 치열하잖아요. 오즈도 그렇지만 두 배역을 하고 싶은 아이들이 많아서. 엄마들끼리 의논해 봤어요. 공정성이 필요하잖아요. 그래서 투표하기로 했어요. 홍민 엄마 의견은 어떤가 싶어서요."

뜬금없이 투표? 동네 학원 애들 연극에 투표라니. 홍민 엄마는 코웃음이 나왔지만, 왠지 모를 투지가 솟았다.

"투표는 무슨. 이미 내정된 거 아니었어요? 막말로 공정성이 어디 있어요? 귀신 씻나락 까먹는 소리하고 있네. 실력 있는 놈이 장땡이지. 투표한답시고 눈 가리고 아웅 하는 거 모를 줄 알아요? 또 연지 엄마가 다 해먹을 심산 내 모를 줄 알고? 연지 전교 회장 선거 때도 제주도 콘도 숙박권 뿌렸다면서요. 소문 파다해요. 누구를 바보로 아나. 치마바람 이리저리 날리면서 학부모들 조정하는 것도 능력이겠죠. 그럼 도로시 다혜 시키지 말고 연지 엄마가 직접 하지 그래요? 연극이 특기니까 잘하겠네. 흥!"

연지 엄마의 빨간 입술이 뒤틀렸다. 파운데이션을 진하게 바른 얼굴에 지나치게 핏기가 돌았다. 홍민 엄마의 두 눈을 마주 보며 연지 엄마는 일어섰다. 모피를 두른 몸이 추운 듯 양어깨가 좌우로 짧게 흔들렸다. 연지 엄마는 코트의 옷깃을 여미고 팔짱을 낀 채 미용실 안을 천천히 시간을 들여 둘러보았다. 보란 듯한껏 멸시를 담아. 흑 장밋빛 입술의 한쪽이 올라갔다.

"내가 깜빡한 거 있죠! 홍민 엄마를 까먹었네. 홍민 엄마 신혼여행으로 제주도도 못 갔다 했지……. 왠지 콘도 티켓이 한 장 남더라."

수도꼭지를 틀자 거센 물줄기가 쏟아지며 접시를 때렸다. 홍민 엄마는 접시에 부딪혀 산산이 부서지는 물보라를 멍하니 바라보았다.

"엄마, 아빠가 어제 용돈 줬어."

그날따라 싱크대에 잔뜩 쌓인 설거짓거리에 한숨이 나왔던 홍민 엄마는 대뜸 홍민에게 쏘아붙였다.

"아빠가 언젠 용돈 주는 사람이야? 가게도 아예 안 나오는데. 어디서 뭘 하고 싸돌아다니는지 모르겠네."

홍민은 자랑하듯 엄지를 세웠다.

"정말이라니까. 그저께 방학 보충 수업하고 나오는데 아빠가 교문 앞에서 기다리고 있었단 말야. 맛있는 거 사 먹고 공부 열심히 하라고 했단 말이야."
"흥, 해가 서쪽에서 뜨겠네. 웬일이야. 안 하던 짓 하면 위험한데……."

갑자기 진동모드로 해 놨던 폰이 몸을 떨기 시작했다. 몸이 물 먹은 솜처럼 무거워 일어나기도 귀찮았던 홍민 엄마는 냅다 소리를 질렀다.

"홍민아, 전화 좀 받아봐."

"엄마 전화잖아. 아이, 참."

마지못해 전화기를 귀로 가져간 홍민의 표정이 얼떨떨해졌다.

"엄마, 병원이라는데. 아빠가 뭐라 뭐라 하는데, 빨리 받아봐!"

일반실로 옮긴 홍민 아빠가 의식을 회복한 건 한 달이 지나서였다. 척수신경을 다쳐 하반신 마비가 올 수도 있다고 했다. 산소호흡기를 달고 있는 남편을 처음 본 순간 홍민 엄마는 말문이 닫혔다. 이놈의 인간이 차라리 바람을 피우거나 딴짓을 하지 왜 여기에 누워 있어? 홍민 엄마는 물기를 남김없이 꽉 짜버린 수건 마냥 너덜거리며 침대 난간을 겨우 잡았다. 병실을 나와 어두운 복도에 멍하니 서 있었다. 한 시간을 두 시간을 다리가 아픈지 허리가 아픈지 아무 감각도 느끼지 못했다. 무엇을 잘못했던가 곰곰이 생각을 되감아 보았다. 악착스레 살아온 것밖엔 없다. 이제 남은 건 끝없는 약물, 물리치료, 재활 같은 낯선 용어들이 그들의 하루를 채우는 일이었다. 예기치 못했던 삶. 조금만 더 날을 세우지 않았더라면, 우리가 좀 더 진지한 대화를 나누었더라면……. 이제 와 소용없는 후회들이 찌꺼기가 되어 그녀의

가슴 안에서 질척였다. 가게가 잘 굴러가 홍민 아빠가 가족 몰래
건설 노동일을 하지 않았더라면……. 회한의 테이프가 되감기길
반복했다.

"이상하다. 왜 전화를 받지 않지? 지난주부터 수업을 안 나오네."

모니카는 반복되는 신호음 끝에 지금은 부재중이라 전화를 받
을 수 없다는 메시지에 갸웃거렸다.

"원장님, 수훈 씨 한 번도 결석한 적 없잖아요? 그런 성실맨이
연락도 없고. 뭔가 이상하네요. 무슨 일 생겼나?"
"그런가? 무슨 사정이 있겠죠. 그럼 오늘 수업도 공치네. 퇴근
이나 해야겠다."

모니카는 주섬주섬 데스크를 정리했다. 시간도 벌었으니 오
늘은 뜨뜻한 탕에 몸을 담그고 꾸벅꾸벅 졸고 싶었다. 얼마 만에
누려보는 호사인가. 그녀의 볼우물이 미소로 차올랐다. 그때였
다. 차임벨이 울리고 급하게 한 남자가 뛰어 들어왔다. 숨을 다
스리지도 못한 채 모자를 벗고 꾸벅 인사를 했다.

"실례합니다. 원장 선생님이시죠? 저는 수훈이 택배회사 동료 친굽니다. 수훈이가 오늘 꼭 학원 들러서 원장님께 전해달라고 해서요, 지난번 수업도 못 나갔다고요. 며칠 전에 수훈이가 일하다가 다리가 부러졌어요. 새벽에 아파트 계단을 내려오다가 굴러서 그만……."

"어마, 어떡해! 안 그래도 이상한 생각이 들었어요."

레이나가 비명을 질렀다. 그녀의 반응이 필요 이상의 호들갑이라 느껴졌지만, 모니카도 적잖이 당황했다. 일대일로 밀착 수업을 해오다 어느새 가족같이 정이 들어버린 수훈이었다. 적극적으로 배우려는 그에게 뭐 하나라도 더 주고 싶은 마음은 당연했다. 남동생이 있었다면 꼭 그런 감정을 가졌을 것이다.

"레이나 쌤, 우리 퇴근길에 문병 갈까요?"

안타깝게도 양다리를 모두 깁스한 수훈은 모니카와 레이나를 보자마자 윙크를 날렸다. 윙크는 완성되기도 전에 서툴게 찌그러져 버렸다. 이마에 보송보송 솟은 땀이 그가 무리하게 애쓴다는 걸 들통나게 했다. 왁자지껄한 6인실 병실엔 빈 침상이 없었다. 모두 무슨 사고를 이렇게 많이 당했을까. 팔, 다리, 허리, 머리……. 집단으로 재난을 당한 듯 이곳도 바쁘게 돌아갔다. 가족, 친척, 지인의 안부와 돌봄이 일상화된 병실엔 그만의 생명력이 느껴졌다. 수훈은 전우애를 느끼는 듯 병실 안 환자들을 둘러보았다. 문득 모니카를 향해 사고 친 십 대처럼 머리를 긁적였다.

"운이 없었어요. 발을 헛디뎌서. 원장님, 혹시 저 걱정하셨어요?"
"당연하죠. 결석 한번 없던 모범생이 연달아 땡땡이를 치니까. 이왕 이렇게 된 거 걱정하지 말고 푹 쉬어요."
"누워 있으면서 젤 걱정된 건 수업이었어요. 빨리 나아서 나가야 할 텐데, 맘먹고 시작했는데 이러다 흐지부지될까 봐 마음 졸였거든요. 저 다 나으면 빡세게 보강해주실 거죠?"
"각오해야 할 거예요, 하하."

밤새도록 편두통에 시달리다 얇은 커튼으로 빛이 새어 나올 무렵 홍민 엄마는 몸을 일으켰다. 밤만 되면 왼쪽 관자뼈를 거쳐 뒤통수가 절굿공이에 맞아 쪼개질 듯 고통스러웠다. 삐걱대는 병상에 누워 허공을 향해 자맥질하는 홍민 아빠의 모습을 축으로 온갖 환영들이 교차 편집되며 새벽이 힘겹게 흘러갔다. 다행히 회사 측과 보험사의 타결로 적잖은 보험금이 나왔지만 앞으로 펼쳐질 생활고가 더 이상 남의 일처럼 여겨지지 않았다. 동정을 가장한 입방아를 찧어댈 동네 여자들도 꼴 보기 싫었다. 그들이 더 이상 미용실 문턱을 넘지 않았으면 했다. 해가 넘어가도 가게 사정은 좋아지지 않았다. 젊음을 갈아 부어 마련한 가게였다. 더 이상 잡생각에 시달리고 싶지 않아 홍민 엄마는 기계적으로 가게 문을 열었다. 어제 작업하다 정리조차 못 하고 내버려 둔 헤어 세팅기들이 이리저리 널려 있고 청소도 하지 않은 바닥에는 검은 짐승의 잔해들이 수북이 둔덕을 이루고 있었다. 바닥을 쓸고, 머리카락 산들을 종량제 봉지에 담았다. 테이블 위에 널브러진 잡지들을 가지런히 정리하고 거울을 닦았다. 한 시간 정도 몸을 움직이니 두통이 사라졌다. 다가올 밤이 뒷덜미를 잡았지만 홍민 엄마는 뿌리쳤다. 밤은 밤이고, 하루를 시작해야 했다.

보자기에 담은 엿기름에 물을 넣고 치대기 시작했다. 어제 시장 기름집 여자가 떠올랐다. 수세미 꼬부랑 파마가 다 풀려 머리 할 때가 되었다고 눈을 흘겼다. 꼬부랑 파마는 석 달은 갔다. 기름집 여자는 여섯 달을 버틴 후에야 미용실을 들렀다. 지독한 여편네……. 깨 볶고, 기름 짜서 얼마나 떼 부자 되는지 보자. 홍민 엄마는 콧방귀를 꼈다. 엿기름물이 뽀얗게 우러나왔다. 전기밥솥을 열었다. 어제 예약을 맞추어 완성된 고두밥이 고슬고슬 먹음직스럽게 되었다. 엿기름물을 붓고 보온 모드를 설정했다. 네

173

다섯 시간 뒤 밥솥 안에서 삭힌 식혜를 끓이기만 하면 되었다. 식혜를 만든 지 꽤 되었다. 남편과 홍민은 식혜를 즐겼다. 봄부터 여름 내내 식혜는 떨어진 적이 없었다. 넉넉히 만들어 미용실 손님들에게 여름에 차 대신 서비스로 내주니 반응이 좋았다. 홍민 엄마는 손으로 하는 건 무엇이든 잘했다. 머리뿐 아니라 요리, 뜨개질 등 그녀의 손에서 나오는 것들은 야무졌고 눈길을 끌었다. 홍민이 학원 연극에서 그것도 영어로 공연하는 모습이 떠오를 때마다 가슴이 떨렸다. 대견했다. 어서 보고 싶었다. 연극이 끝난 뒤풀이에 이 식혜를 돌리면 인기 만점일 거다. 부지런히 움직이던 그녀의 두 손이 멈췄다. 연지 엄마는 뭘 찬조하려나. 보나 마나 식혜랑은 비교도 안 될 화려한 거겠지. 돈푼깨나 있다고 돈 냄새 풀풀 풍기겠네. 우라질 여편네. 전기가 통하듯 관자뼈가 다시 찌릿찌릿해 왔다.

수업 준비를 하다가 깜박 졸았다. 잠깐 선잠에 빠졌거니 하며 모니카는 눈에 힘을 주며 눈꺼풀을 열었다. 서둘러 복도에 들어섰다. 왼쪽과 정면에 있어야 할 교실 문이 보이지 않았다. 검은 굴이 뚫려 있을 뿐이었다. 모니카는 그냥 걸었다. 교실 문이 나오겠지. 아이들이 기다리고 있는데. 왜, 교실이 나오지 않지? 검은 굴은 끝없이 제 몸통을 늘리며 모니카의 손을 끌어당겼다. 목적지를 숨긴 채 승산 없는 지난한 싸움을 거는 듯했다. 영원 같았던 굴이 드디어 그녀를 토해냈을 때 그녀는 어느덧 깊디깊은 계곡을 내려다보고 있었다. 안개가 엉긴 솜처럼 그녀의 발목에 치렁치렁 감겼다. 초대받지 않은 파티의 불청객처럼 주춤하며 모니카는 사방을 둘러보았다. '달칵' 소리가 그녀의 고막을 뚫는 순간 발은 얼어붙었다. 또다시 지뢰를 밟았구나. 그녀는 감지했다. 또 다른 쉽지 않은 문제를 만났음을. 술술 풀리는 객관식 문제를 얼추 해치웠다 생각했다. 그러다 감도 잡을 수 없는 서술형 문제를 맞닥뜨렸다. 이 문제를 풀지 못하면 그녀는 끙끙대며 앉아 있는 교실을, 책상을, 의자에 묶인 채 영원히 떠나지 못할 것 같았다. 어떻게든 주어진 시간 안에 답을 써나가야 했다. 펜을 집어 들려고 했다. 펜은 강력 접착제로 붙인 듯 종이에서 떨어지지 않았다.

식혜를 마신 아이들이 하나둘 쓰러졌다. 배를 움켜쥐며 바닥을 구르는 아이, 구토하며 온몸을 뒤틀다 축 늘어지는 아이, 열이 올라 순식간에 얼굴이 홍조로 뒤덮이는 아이. 교습소는 아수라장이 되었다. 모니카가 한발을 들어 올린 순간 지뢰는 터져버렸다. 119를 부르고 아이들이 실려 가고 경찰 조사가 이어졌다. 그 미끈하게 생긴, 키가 큰, 형사 같지 않은 형사가 기다렸다는 듯 등장했다. 다시 만나서 반갑다는 듯 모니카에게 회심의 미소를 지었다. 연이어 오즈의 마법사처럼 땅땅하고 매섭게 생긴 남자들이 등장했다. 현장 감식, 독극물 확인, 분석, 참고인 조사, 학부모들의 증언……. 결국 명작 영어교습소는 지역신문의 한 귀퉁이를 장식하고야 말았다. 정부와 결탁해 전 부인을 죽인 전 남편의 보험사기 살인사건 속 그들은 목격자에서 가해자가 된 듯한 그녀의 모습을 비웃으며 연달아 축포를 터뜨렸다. 도미노가 쓰러지듯 지뢰의 축포가 터졌다. 탁, 탁, 탁…….

홍민 엄마는 눈을 뜰 수 없었다. 사지가 땅에 딱 고정되어 미동조차 할 수 없었다. 외마디 비명인지 신음인지 모를 음성이 목구멍을 틀어막아 꽉 다문 입술을 찢으려 했지만, 그조차 허락되지 않았다. 죽을힘을 다해 눈을 떴다. 땀인지 눈물인지 모를 물기가 뺨에서 목을 타고 가슴골로 흘렀다. 머리맡을 더듬어 주전자를 찾았다. 겨우 몸을 일으켜 주전자 주둥이를 움켜잡았다. 유리잔을 쥔 손이 저도 모르게 떨렸다. 벌컥벌컥 목구멍으로 물을 들이부었다. 던지듯 잔을 내려놓고 홍민 엄마는 용수철 튀듯 부엌으로 내달았다. 냉장고 문을 홱 열었다. 아! 홍민 엄마는 두 손으로 가슴을 쓸어내렸다. 어제 고아 달여둔 식혜가 담긴 유리병들이 냉장고를 한가득 채우고 있었다.

'내가 이렇게 독한 여자였나…… 어떻게 이런 섬뜩한 꿈을…….'

홍민 엄마는 갑자기 다리에 힘이 빠져 냉장고 무을 닫으며 주저앉았다. 시간이 얼마나 지났을까 정신을 차리니 다시 어렴풋이 두통이 몰려왔다. 홍민 엄마는 거실 벽 시계를 흘낏 보았다. 겨우 자정을 지났을 뿐이었다. 내일 홍민이 연극 날이야, 억지로라도 눈 좀 붙여야 해. 홍민 엄마는 관자놀이를 양 엄지손가락으로 꾹꾹 누르며 다시 잠을 청했다.

시장통에 들어선 홍민 엄마는 저녁 찬거리로 무얼 살까 되뇌며 채소가게, 생선가게를 기웃거렸다. 봄을 타는지 도통 입맛이 떨어진 듯 홍민의 입이 짧아졌다. 사시사철 입맛이라곤 떨어질 일이 없고 식복은 타고난 듯 복스럽게 먹는 아들을 볼 때마다 홍민 임마의 가슴은 든든했다. 호프집을 지날 때였다. 무심코 돌린 사위로 옹기종기 모여 있는 여자들의 테이블이 들어왔다. 홍민 엄마의 두 다리는 뻣뻣이 땅에 박힌 듯 움직이지 않았다. 꿈이 아니었어. 내가 정말 미친 짓을 했나. 현실인 건가. 아니, 꿈이야……이건 꿈이라고…… 당연히 꿈이지.

"별일이야. 미용실 여자가 미쳤나 봐."

"혀를 자르려면 제 것을 잘라야지. 애들이 무슨 죄가 있다고."

"혀가 마비되면 영어도 못 할 테니까 다 같이 죽자는 거지."

"무슨 심보야? 홍민 엄마 그렇게까지 할 사람 아닌데. 시샘, 질투는 많아도……. 세상 무서워서 어떻게 살아? 우리 해식이 어째, 어째, 내가 못 살아. 우라질 년, 독한 년."

"해식 엄마, 근데 참 웃기지 뭐예요? 일주일 동안 입도 못 떼고, 학교도 못 가고 집에 들어앉아 있는데도 우리 주리 벙긋벙긋 웃는 게 희한했어요. 애 얼굴이 확 피니까 얼떨떨한 거 있죠?"

호들갑이 유난한 해식 엄마는 깔깔한 목소리로 주리 엄마의 눈치를 살폈다. 야심 충만했던 그들의 계획도 수포가 되고 아이들도 엄마들도 동면에 든 터였다.

"울 해식인 어떻고? 밥 먹고, 배 깔고, 과자 먹으면서 게임하고, 완전 신났지. 영어 안 해도 된다고 일기에 만세 부르던데. 말못 하니까 내가 잔소리도 못 하겠고."

홍민 엄마는 숨이 차올랐다. 숨을 가다듬는 동시에 호프집 문을 밀었다. 문 너머로 여자들의 웃음소리가 차올랐지만, 문은 꿈쩍도 하지 않았다. 해식아, 나 여기 있어. 그거 진짜 아니야. 꿈꾸는 거라고, 진짜 아니라고! 발로 차고 손으로 때렸지만, 문은 얼어붙어 있었다.

눈을 떴다. 커튼 사이로 새벽빛이 두 팔 벌려 환영하듯 비집고 들어왔다. 아, 꿈이 맞았구나. 연작소설을 읽듯 이렇게 꿈이 메들리로 이어진 것도 오랜만이었다. 어릴 땐 연속으로 악몽을 꿀 때면 으레 이부자리를 적시곤 했다. 다행히 엄마는 조용한 미소로 홍민 엄마를 보듬고 씻겨주었다. 울 경숙이 쉬 쌀 때마다 키한 뼘씩 쑥쑥 큰다며 등을 토닥이곤 했다. 홍민 엄마는 밝아오는 창을 지그시 응시했다. 이부자리를 정리하고 부엌으로 향했다. 오늘 홍민 아빠 퇴원 날이다. 음, 뭐 맛있는 거라도 해볼까. 한동안 병원 밥 먹고 까칠할 건데. 밉지만 돌아서면 짠한 게 가족인가. 그동안 오해했던 자신이 초라했다. 홍민 아빠에게 미안함을 넘어 깊이를 알 수 없는 고마움이 차올랐다. 그래, 다행이다. 우린 서로가 있으니까. 쌀을 씻으며 새로 김치를 담가야겠다는 생각에 홍민 엄마는 힘이 났다. 오늘은 홍민 아빠 좋아하는 백김치 담가야겠네. 뽀얀 쌀뜨물이 손등에 차오르며 홍민 엄마의 두 눈에도 아침 안개가 차올랐다.

"홍민아, 아빠 왔어! 빨리 나와!"

게임 삼매경에 빠져 배를 깔고 누워 있던 홍민은 후다닥 몸을 일으켰다. 아빠다!

"아빠! 괜찮아? 다 나았어? 이제 괜찮은 거지?"

깁스한 한쪽 다리를 조심조심 내디디며 홍민 아빠는 휠체어에 앉았다. 택시에서 짐을 내리고 뒤따라 들어온 홍민 엄마가 한쪽 눈을 홍민에게 찡긋했다.

"아빠 이제 괜찮아. 다 나았어. 다행히 재활치료만 더 받으면 된 대. 홍민아, 아빠 보고 싶었어?"

홍민은 울컥하며 아빠의 앙상한 무릎에 얼굴을 묻었다. 짜식, 홍민 아빠는 말없이 홍민의 뒤통수를 쓰다듬었다.

통통한 콩나물이 소담스럽게 어우러진 아귀찜은 짙은 참기름 냄새로 진동했다. 한낮의 식당은 고요했다. 피크타임을 지난 식당은 여유롭고 느긋했다. 홍민 엄마는 다소곳이 집게와 가위를 들고 해물을 잘랐다. 콩나물과 아귀를 푸짐하게 담은 접시를 앞으로 진중하게 내밀었다.

"저, 이런 음식 드실까 모르겠어요. 고급 식당에서 칼질만 할 거 같아서⋯⋯. 사모님, 드셔보세요. 그래도 여기 울 동네 맛집이에요."

"민이 엄마, 언니라고 불러. 사모님은 무슨. 들을 때마다 두드러기 날 거 같아서 영⋯⋯. 나이도 내가 두어 살 위잖아."

"호호, 언니, 내 이럴 줄 알았어요. 언니 얼굴처럼 쿨할 줄 알았다고. 하하하."

한껏 긴장했던 홍민 엄마의 얼굴이 활짝 폈다.

"음, 맛나네. 나 스테이크 별루야. 이런 거 좋아해. 여기다 쐬주 한 잔 콱! 어때, 오케이?"

"언니, 오케이에요. 여기 소주 한 병이요!"

한바탕 꺄르르 웃음보를 터뜨리며 둘은 소주 한 잔씩을 주고받았다. 발그레하게 가슴 속에 한송이 꽃이 피어오르는 듯 홍민 엄마는 수줍게 연지 엄마를 바라보았다.

"언니, 정말 고마워요. 홍민 아빠 입원비랑 치료비 애써주신 거, 제가 못되게 군 거, 다 너무 죄송하고 감사해요."

"어마, 난 한 거 없어. 연지 아빠 의대 선배가 마침 그 병원 원장인 거지. 난 말 몇 마디 보탠거 밖에 없어. 뭐 그리 고맙다고. 서로 돕고 사는 거지. 우리 학부모 동기 아냐? 애들 같이 키우고 응원하는 엄마들이잖아, 엄마 동기, 맞지?"

"네, 맞아요. 우린 엄마죠. 엄마니까, 씩씩해야 하는 거 맞죠?"

"오브 콜스지! 우리 영어 많이 늘었다, 그지? 호호호."

연지 엄마는 홍민 엄마의 손등 위로 가만히 제 손을 겹쳤다.

굿바이 장국영

천장에는 제법 큰 선풍기가 윙윙거렸다. 덩달아 파리떼도 선풍기 날개를 회전목마 삼아 힘을 뺀 체 윙윙 돌아갔다. 열린 교실 문으로 나른한 바람이 한 줄기씩 넘나들었다. 가녀린 어깨로 생기 있게 들썩이는 아이들의 물결을 바라보며 모니카는 벽에 기대어 있었다. 군데군데 벗겨진 회칠한 벽이 서늘하게 와닿는 느낌이 좋았다. 아이들이 한글을 읽는 소리가 비현실적으로 고막을 울린 지 석 달이 되어갔다. 하얀 히잡을 쓴 가무잡잡한 천사들 사이를 모니카는 거닐기 시작했다. 목덜미로 또르르 구르는 땀이 이제 살가웠다. 아이들의 공책을 하나하나 훑어보며 숙제를 점검하는 시간은 엄숙했지만, 장난꾸러기들은 한구석에서 늘 까르르하며 그녀의 신경을 흩트렸다. 덕분에 정글의 리듬에 미처 적응하지 못했던 그녀의 몸이 활기를 얻었다. '차……', '타……' 격음에 익숙하지 않은 아이들은 진지하게 연습했다. 정글 속 교실 안은 순수한 열정이 차올랐다. 익숙했던 공기, 거리, 사람들을 투명한 해파리가 되어 통과해 이곳 사차원으로 넘어왔다. 생소했던 공기에 모니카의 리듬은 날을 세우고 팽팽해졌다. 텁텁했다가 건조했다가 변주를 울리는 대기의 흐름에 적응하기가 힘들었지만 조금씩 친밀해지는 시간 시간이 그녀를 깨어나게 했다. 티 없는 검은 눈망울을 매일 마주하면서 모니카의 배꼽시계도 따라서 움직였고, 그녀는 앞에 남겨진 시간을 마주할 용기가 생겼다.

"어머, 원장님 여기에요."

창가에 소담스레 핀 장미 수국 화병이 놓인 테이블에서 레이나가 손을 흔들었다.

"레이나 샘. 너무 반가워. 보고 싶었는데."

오랜만에 보는 레이나의 얼굴이 장미 수국과 어우러져 한껏 봄물을 머금었다.

"잘 지냈어요? 우리 2년만인가. 건강해 보이네."

레이나는 모니카의 손을 덥석 잡았다. 소심한 그녀가 취한 처음이자 마지막일지도 모를 과감한 액션에 모니카의 가슴에 잔물결이 일었다.

"원장님, 잘 지내셨어요. 얼굴이 좀 그으신 것 같아요. 근데 훨씬 보기 좋아요."

갓 지은 콘크리트 건물 안에서 늘 파리했던 자신을 떠올렸다. 비가 오거나 흐린 날이면 눈을 찌르고 늘 머릿속을 몽롱하게 휘저었던 그 공기. 닭장 밖을 나온 그녀는 좀 더 과감해지고 자유로워졌을까. 주문한 라떼와 로즈 비가 나왔다.

"어머, 원장님. 취향 바뀌셨네요. 커피만 드셨잖아요. 장미향이 너무 좋네요. 딱 지금이랑 잘 어울리고……."

모니카는 꽃무늬 찻잔 속 은은한 붉은빛을 지그시 응시했다.

"커피를 너무 마시는 것 같아 좀 줄여 볼까 해."

어쩌면 레이나를 만난 이 순간을 특별하게 남기고 싶었는지
도, 이제부터라도 좋은 기억만 차곡차곡 저장하고 싶었는지도
몰랐다. 그 기억조차도 시간이 흐르면 신기루가 되고 흩어져버
릴지라도 살아 있는 한 이젠 예의를 갖추고 싶었다. 그녀의 쓰
라린 시간에 대한 예의. 지나간 걸 부여잡고 되새김하지 않는 예
의, 자신을 혹독하게 후벼파며 다가올 시간을 모르는 체하지 않
는 예의. 한동안 둘은 찻잔을 바라보며 침묵을 머금었다. 지뢰밭
을 함께 뚫고 살아남은 동지로 어쩌면 더 이상의 말이 필요 없을
지도 몰랐다. 바깥은 저리도 싱그러운 봄이지만 카페 안은 아직
겨울일지도 몰랐다. 모니카와 레이나의 겨울이 언제 끝날지 그
들만이 짐작할 뿐이었다. 그녀들의 날아간 손목과 발목이 어디
에선가 봄을 잊은 채 헤매고 있을지도 몰랐다.

"원장님이 교습소를 바로 정리하시고 저도 한동안 핑계를 대
고 집순이로 지냈어요. 할아버지한텐 몸이 안 좋아서 당분간 알
바도 쉬겠다고 하고. 제가 좋아하는 만화책 안으로 들어가 버렸

어요. 제가 무협만화, 무협 소설 덕후거든요."

레이나가 라떼 잔 속에서 식어가며 추상화를 그리는 우유 크림을 보며 입을 뗐다.

"할아버지가 돌아가셨어요. 동네 골목길에서 어린이집 셔틀버스가 후진하다가 그만 뒤에 계셨던 할아버지를 미처 모르고…… 돌아가신 지 1년이 넘었어요. 혼자 골방에 틀어박혀 늘어져만 있다가 어느 날인가 TV를 켰는데 무슨 영화를 소개하는 프로에서 장국영이 나오더라고요. 속옷 바람으로 맘보춤을 추는 그 장면. 그때 원장님이 생각나 전화를 했어요. 원장님, 인도네시아에 계신 것도 모르고."

모니카는 레이나의 손을 잡고 손등을 쓰다듬었다. 보드라운 아이 손을 씻겨주듯 조심스레.

"레이나 샘, 힘들었겠다. 진즉에 연락하지, 그랬어. 나도 잠수탔었잖아. 그냥 도망치고 싶었어. 다른 차원으로 공간이동 하고 싶었다고나 할까. 그 다른 차원이 또 다른 지옥이라도. 여길 무조건 벗어나고 싶었어."

식어버린 라떼는 하얀 유크림이 분리되며 탁해져 갔다. 레이나는 머그잔 손잡이만을 진지하게 쓰다듬었다.

"처음엔 멍했어요, 그냥. 할아버지밖에 없었는데……. 그렇게 갑자기 가실 줄 알았으면 잘해드릴 걸 그랬어요. 그동안 저만 생각했던 것 같아 밥도 못 먹겠고, 물도 못 마시겠더라고요. 할아버지가 너무 불쌍해서, 어떡하면 좋을지 모르겠고, 저도 뭘 할지……."

모니카는 레이나의 손을 깍지 꼈다. 하얗게 관절에 힘이 들어갔다.

"저는 중국어를 배우면서 몰랐던 세계를 알아가고 자유를 느꼈어요. 내 혀 위에 낯설고 기괴한 성조와 문자를 얹어 요리하게 된 그 순간을 잊을 수 없어요. 그 고통과 환희를요. 원장님, 우리가 언어를 배우는 건 좀 더 자유로워지기 위해서라고 말씀하셨잖아요. 그런데, 이젠 모든 게 뒤죽박죽되어버렸어요. 내가 찾던 자유란 것도 애초에 있었나 싶고요."

레이나의 목이 잠겼다.

"저 사실, 아직도 꿈에 불이 난 학원 안을 뛰어다녀요. 꿈속이지만 정신을 잃지도 않아요. 너무 또렷해요. 제 몸이 당장에 탈 듯 그을리는 느낌이 생생해요."

이래저래 어수선하던 신학기도 지나고 한숨 돌릴 방학이 다가오고 있었다. 간판을 가리며 어느새 터줏대감이 되어버린 나무는 털북숭이가 되어 무성해진 전신을 뽐내고 있었다. 초록의 위용을 자랑하며 행인의 이마에 맺혀 흐르는 땀방울을 잠시 씻어주니 얄미운 마음도 새삼 사라졌다. 초록 커튼으로 창문을 온통 뒤덮은 나무는 어느덧 모니카에게 평안을 선사했다.

"방학하면 아이들 여행 간다고 수업도 많이 빠질 건데, 이참에 우리도 확 쉬어버릴까?"

레이나는 콧잔등으로 미끄러지는 안경을 들쳐 올리며 눈을 둥그렇게 떴다.

"안 돼요, 원장님. 겨우 모은 애들 떨어져 나가면 어쩌려고요?"
"그렇죠? 교습소나 학원이 이래서 영⋯⋯. 회사나 학교는 휴가도 긴 데. 샘도 많이 못 쉬니 짜증 나죠?"

레이나는 고개를 저었다.

"어차피 할 일도 없어요. 길게 쉰다고 어디 여행을 가는 것도 아니고요. 할아버지께서 거동이 불편하셔서 어디 가는 것도 신경이 쓰이네요."

모니카는 후하고 숨을 길게 내뱉었다. 안쓰러운지 미안한지 괜히 모를 복잡한 기분에 책상을 정리하기 시작했다. 출석부, 원생 등록대장, 각종 공지문을 정리해 꽂고 쌓인 먼지를 물티슈로 훔쳤다.

"레이나 샘이랑 베가 샘은 일주일 쉬어요. 특별 지령이에요. 거부 시 책임 못 짐! 어차피 방학이니 슬로우로 가요. 나 혼자 충분히 커버할 수 있어요, 오케이?"

"그래도 원장님 혼자 어떻게 다 해나가세요. 수업, 학부모 상담, 청소도요."

"그럼 레이나 샘 때문에 베가 샘도 휴가 못 가면 좋아요? 그건 불공평하잖아."

레이나는 졌다는 듯 두 팔을 허공으로 들었다.

"그럼, 대신 쉬는 동안 여름방학 특강이랑 2학기 커리큘럼 열심히 짜 오겠습니다."

"오케이, 콜!"

연일 이어지는 열대야로 잠을 설치니 아침이 와도 모니카는 혼미했다. 방충망을 뚫고 들어온 모기의 습격에다 숨을 턱턱 조여 오는 열기는 고문이었다. 차라리 지옥 불을 걷는 게 낫겠다. 그날도 모니카는 아침을 걸렀다. 더위에 지쳐 잃은 입맛이 영 돌아오지 않았다. 밀린 빨래를 할까, 냉장고 청소를 할까, 물먹은 솜 같은 몸을 바닥에 붙인 채 하루를 보냈다. 선풍기에 딱 붙어 늘어진 몸을 일으키기도 힘겨웠다. 딱 하루 쉬었을 뿐인데 마음은 온통 교습소에 있었다. 나가볼까. 혹시, 신입 상담이라도 왔다 발걸음을 돌리면 어떡해……. 싱숭생숭한 가슴을 가다듬고 있을 때 머리맡에 둔 휴대전화가 울렸다. 선풍기외 덜덜대는 소리에 묻혀 한동안 휴대전화는 진동모드로 몸을 떨고 있었다.

"네, 여보세요?"

"죄송해요. 저 여기 오기 전에 각오했었는데. 그 일은 입에 올리지 않겠다고. 죄송해요, 원장님."

차의 장미향이 옅어져 가고 있었다. 한 모금 마셔볼까 하다가
모니카는 이내 포기했다.

"레이나 쌤, 괜찮아. 우린 그 격전지를 함께한 동지잖아. 상처
는 드러내서 잘 소독하고 치료해줘야 빨리 낫잖아."

두 해가 흐른 시간도 무의미했다. 악몽으로 한동안 베갯잇을
적신 몇 달이 다시 돌아온 듯 가슴이 먹먹해졌다. 그래도 상관없
었다. 이렇게 레이나를 만났고, 함께 차를 마시며 어떤 말이라도
나눌 수 있다는 사실이 행운일지도 몰랐다. 서로의 상처를 헤집
더라도 마주할 수 있는 지금이 모니카는 다행이었다. 봄이 오려
하고 있었다. 오랜만에 계절이 주는 감각을 코로 들이마셨다. 사
계절 더운 지방에 익숙해져 가는 그녀에게 다소 쌀쌀하지만 나
른한 봄의 향기가 거리에, 이 카페 안에, 레이나와 그녀에게 내
려앉아 다독이는 느낌이 못내 반가웠다.

"고놈의 중딩들은 잘 있을까요. 전 가끔 걔들 생각해요. 그냥
설거지하다, 방에 걸레질하다, 자전거 타다 문득문득 떠올라요."

모니카는 창가에서 그들을 응시하고 있는 장미 수국의 강렬한

눈빛을 마주했다.

"잘 있겠시. 나 힌떼같아. 방황도 하고, 실수도 허용되는 나이. 이젠 그것도 아닌 분위기지만. 난 그 애들 용서했어. 안 그러면 어떡해. 힘들었던 내 어린 시절을 떠올리니까 걔들 선처할 수밖에 없더라. 그 아이들도 살아나가야 하잖아. 앞으로 어떻게 살아갈진 그 아이들 몫이니까. 우리도 실수하고 비틀대잖아. 또 거기서 배우고."

모니카는 현관 모퉁이에서 뒹구는 운동화를 집어 신었다. 꺾인 운동화에 그냥 발을 꽂은 채 현관문을 열고 내달았다. 택시를 부르면서도 메마른 입술을 깨물었다. 혀 위로 피 맛이 감돌았다. 택시가 시장통 입구에 다다랐다. 휴가로 집을 비운 사람들이 한산한 시장 골목에 사람이 들끓었다.

"원장님, 어떡해요? 정신 나갔네, 우리 원장님!"

슈퍼마켓 사장님이 모니카의 손목을 붙들었다. 연기 폭풍이 휘몰아치는 가운데 그을린 교습소 간판이 눈에 들어왔다. 나무는 옷을 빼앗긴 채 검은 선으로만 제 흔적을 드러냈다. 좁은 도로를 점거한 소방차와 사다리는 재난 영화 예고편에 등장한 세트처럼 보였다.

"가까이 가시면 안 됩니다! 다행히 옆 건물로는 번지지 않아 빨리 진화할 거 같네요."
"누군가요? 누가? 혹시 방화범은……."

소방관 중 한 명이 갈라진 음성으로 뉴스 기사를 낭독하듯 보고했다. 모니카를 바라보는 눈에 핏발이 서려 있었다.

"애들이 몰래 들어와 술 먹다 저지른 거 같은데, CCTV가 가짜라서 잡을 수도 없고. 인근 학교 뒤져봐야죠. 중학생들 같은데. 아, 원장님, CCTV 하나 다셨어야죠. 괜히 호미로 막을 걸……."

사이렌 소리에 귀가 멍한 나머지 모니카는 입술을 뗄 수조차 없었다. 그놈의 CCTV. 가짜든 진짜든 뒤통수 때리는 건 마찬가지야. 언제는 세상이 나한테 친절했던가. 결국 이렇게 될 것을. 그은 간판 위로 발가벗은 나무가 고개를 떨구었다. 너도 옷 벗으니 앙상하네. 나처럼.

모니카는 시끄러운 밤을 하얗게 꼬박 지새웠다. 불면의 날이 이어지고, 교습소 휴가는 무기한 길어졌다. 탐문 수사 결과 동네 유일한 중학교 아이들이었다. 처음엔 쫄았는데, CCTV가 가짜인 걸 알고 장난을 친 거라 자백했다. 복수심도 아니고 장난이라……. 절대로 의도적인 건 아니었다고. 미성년이고 부모들이 하도 선처를 호소하는 바람에 모니카도 흔들렸다. 범행동기가 악의적이라고 볼 순 없다는 판단과 결국 아이들에겐 처벌보단 감호 차원으로 갈 수밖에 없다는 상황에 동의했다. 그래, 너희들은 어차피 남은 시간 불 감옥에서 견디며 살아갈지도 모르겠다. 거기서 끝까지 살아남아 나오는 건 각자의 몫이겠지. 온전히.

전소된 교습소를 리모델링할 마음은 시간이 지나도 동하지 않았다. 아이들을 가르치며 호흡할 공간은 이미 그녀 안에 남아 있지 않았다. 철거 뒤 건물주가 다시 세를 놓으면 그 공간은 어떻게든 살아나고 돌아갈 것이다.

"원장님, 마음 추슬러요. 옛말에 불 난 곳에 확 재물이 일어난다고 들었어요. 학원이 더 잘 될지 알아요? 힘내세요."

홍민 엄마는 일부러 모니카를 미용실로 불렀다. 머리를 만지는 대신 시원한 매실차를 대접하며 마음을 매만져주었다.

"오늘은 식혜 대신 매실차에요. 이것도 제가 담갔어요. 드셔보세요."

시원하고 달콤한 액체가 목구멍을 통과하고 입안을 감도는 향기에 모니카는 씁쓸히 미소 지었다.

"고맙습니다, 어머니. 말씀만으로도요."
"원장님, 그동안 수고 많으셨어요. 우리 꼴통 가르치느라, 내가 또 좀 괴롭혀드렸어요. 당분간 푹 쉬세요. 홀가분하게. 쉬다 보면 또 힘이 나잖아요. 난 딸린 식솔 때문에 쉴 틈도 없어요. 하하."

"일에 미련은 없으세요? 원장님 좋아하신 일이잖아요."
"영어 가르치는 일이라……. 이 나라에서 영어는 계급이잖아. 난 그게 질려. 자유로워지기 위해 언어를 배우고 아이들을 가르쳤는데 그 속에서 다시 길을 잃어버렸어."

동그란 뿔테 안경알 너머로 레이나의 양 눈꼬리가 물기를 머금었다.

"지금도 길을 못 찾고 헤매고 계세요?"

"그럴지도……. 애들이 보고 싶겠지. 아이들은 다 가고 싶은 곳으로 날아갈 거야. 늦게기 있잖아. 우연히 시내 서점에서 주리 엄말 마주친 적이 있었어. 주리 엄마 입담 알지? 아이들 얘기를 꺼내시는 거야. 홍민 엄마 얘기는 물론이고. 난 아직 멍한 상태였지만 한편으론 애들이 궁금했거든. 잘 지내고 있나 하고. 학원에 나가지 않고 집에서 신나게 놀고 있는 아이들 얼굴이 그렇게 편안해 보인 적이 없었다며……. 난 아이들을 가르치고 한편으로는 걔들에게 더 나은 미래를 준다는 어쭙잖은 생각에 사로잡혀 내 만족에 취해 있었던 거지. 내 민낯에 쇼크 받은 거야. 한 방 제대로 먹었다고나 할까."

레이나가 모니카의 손목을 잡았다.

"다 지난 일이에요. 너무 자책하지 마세요. 참, 원장님. 베가 샘이 메일 보낸 거 있죠!"

레이나의 눈빛이 되살아났다.

"어머나, 오랜만이다. 베가 샘 생각 가끔 했는데. 이 나라에서 상처 많이 안 받았기를, 부디 잘 지내기를 바랐어요. 잘 지낸대요?"

"네, 졸업하고 취직했데요. 현지에 진출한 한국기업에서 통역
도 하고, 무역업무도 하고. 너무 잘 됐죠? 서료 가끔 메일 주고받
기로 했어요. 언젠가는 끊어지겠지만요."

"그 '언젠간'이 모르지. 계속될지도. 미래는 몰라."

카페를 나온 모니카는 갑자기 레이나를 부둥켜안았다. 아이를
달랠 때 어르듯 조심스럽게 시작된 포옹에 차츰 힘이 들어갔다.
처음이자 마지막일지도 모르는 그녀의 진심을 담은 기도로 레이
나의 앞날을 축복하며 손을 흔들었다. 레이나는 지금 중국어 강
사를 하는 대학 어학당 계약이 끝나는 대로 중국 유학이 예정되
어 있다고 했다.

"샘은 야무지고 부지런하니까 잘 해낼 거야. 언젠가 기회가 되면
인도네시아로 놀러 와. 한글학교도 구경하고. 휴가차 오면 되겠다."

"오, 원장님. 그래도 돼요? 전 원장님이 언제 그런 말씀 해주시
나 기다렸어요."

"언제든. 대환영이야."

흐드러진 마음으로 돌아서는 모니카를 레이나가 불러세웠다.

"원장님, 뉴스 보셨어요? 장국영이 죽었대요. 오늘. 호텔 24층에서 투신했데요. 어떡해요? 원장님 땜에 저도 팬이 되었는데. 오늘 만우절이라고 거짓말하는 줄 알았는데. 아니더라고요"

잃어버렸던 시간의 조각을 다시 찾은 듯했다. 장국영이란 이미지를 서로 나누며 조금씩조금씩 음미하던 시절. 소중히 묵혀둔 와인을 따르고 새하얀 테이블보를 깔던 그 시간이 새하얀 속옷 바람으로 거울을 마주하며 맘보춤을 추는 그와 겹쳤다. 보통어든 광둥어든 그의 목젖에서 나오던 그 언어에 순간 꿈에 잠겼던 나날들······. 허무와 달콤함이 미묘하게 뒤섞인 그의 독백이 얼마나 자유로웠던가. 웃어도 왠지 슬퍼 보이는 깊은 눈매를 지녔던 그였다. 그 표정이 이상하게 안도감을 주었는데. 왜, 어떤 일을 겪었길래. 살지. 삶을 마감하는 것도 개인의 선택이라지만······. 꽃중년이 된 그를 스크린에서 다시 보고 싶었다. 허무악 슬픔 대신 이제 여유와 푸근함이 출렁이는 주름진 그의 눈가를 보고 싶었다. 아리는 가슴으로 모니카는 애도했다. Good bye! Rest in peace······.

모니카의 가슴골은 뜨거워지는 동시에 식어갔다. 그녀는 그런 용기가 없었다. 고통과 격정을 분리하지 않고 마지막을 장식한 그는 다른 차원의 존재 같았다. 스크린에 비친 그의 이미지와 삶을 합체시킨 그가 부럽기도 했다. 부럽고도, 슬펐다. 그냥 우리는 다른 용기를 가졌을 뿐이야. 자기합리화라 해도 그렇게 결론 짓는 게 나을지도 몰랐다. 그 외에 다른 무엇이 있을까. 한동안 그냥 이대로 멈추고 싶다는 생각이 들 때마다, 가늠조차 되지 않는 슬픔의 양이 소진되길 바라며 움직이지 않았다. 고작 그녀가 할 수 있는 것이었다. 하지만 그녀가 가진 슬픔의 양은 끝내 소진되지 않았다. 슬픔을 멈추기 위해 그녀만의 동굴에 기어들어가 동면을 하듯 웅크리고 있는 시간을 허락하기도 했다. 그 허락을 하기까지 온몸과 신경을 쥐어짜고 비틀어 낸 건 그녀의 마지막 용기였다. 적도를 넘어 열대의 섬으로 이동한 건 그녀의 동굴을 찾기 위해서였다. 그녀는 웅크렸던 몸을 서서히 펴기 시작했다. 열대의 아이들에게 영어를 가르치는 대신 한글을 가르쳤다. 그토록 동경하고 증오하던 이국의 언어 대신 잃어버렸던 그녀만의 언어를 가르쳤다. 세상에 나와 엄마의 혀끝에서 신비스럽게 울리던 그 말. 잃어버렸던, 마비되었던 혀를 다시 풀리게 하고 매끄럽게 움직이게 한 그 영원한 언어. 하루 중 흘리는 땀방울의 양만큼 그녀의 눈물은 말라갔다. 한낮에 내리는 스콜처럼 청량한 자비를 맘껏 받았다. 이렇게 잊혀버렸으면 했다. 불시에 왔다가 사라져버리는 열대의 스콜처럼.

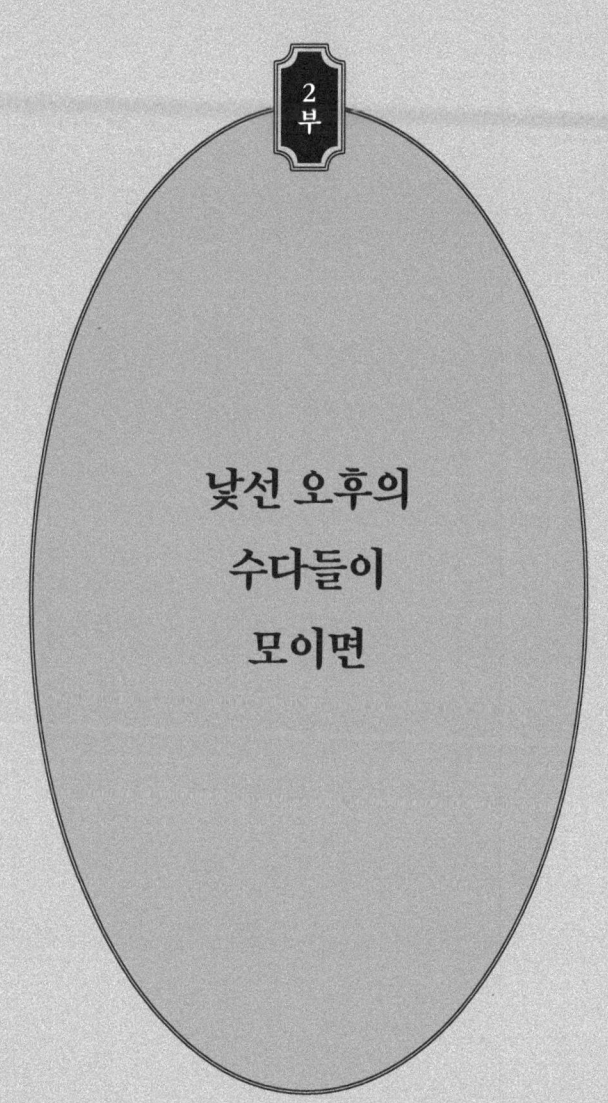

2부

낯선 오후의
수다들이
모이면

반얀트리, 일몰, 맥주, 긴 오찬

"모니카 쌤! 이번 주말 잊지 않기! 비빔밥 재료 다 준비해놨어요. 오랜만에 양푼에 비벼 고봉으로 먹을 생각하니 힘 나네, 우 쌰!"

교장 선생님, 아니 교장 아줌마란 호칭이 더 어울릴 거 같은 캐릭터. 모니카는 싱긋 웃었다. 목이 빠지라 기다렸단 말은 삼켰다. 그리운 한국 음식. 이곳에 와서 몇 달간 물과 음식이 맞지 않아 속앓이를 했다. 심할 땐 탈수증이 오기도 했다. 기름진 음식에 석회질이 많은 물에 민감한 장이 반란을 일으켰다. 코코넛 밀크를 조금씩 마시며 죽지 않을 만큼 연명했다. 내륙의 겨울이 늘 고통스러웠던 터에 열대의 공기는 그녀에게 천국이었지만 물과 음식은 또 다른 복병이었다. 겨우 민감했던 장이 적응해갈 무렵이었다. 교장 선생님 집에 간다는 게 처음엔 부담스러웠다. 교장과 선생 사이의 선조차 무시되는 분위기도, 붙임성 좋은 옆집 아줌마 같은 호들갑도 불편했다. 결국 교장 선생님도 외롭겠단 생각이 어느 날 머리를 스치자 그녀의 입이 떨어졌다.

"감사해요. 저 한국 음식 너무 먹고 싶었어요."

이후 교장 선생님 집의 오찬은 모니카의 또 다른 휴일이 되었다.

덩치가 꽤 큰 닭들이 노니는 마당을 들어서자 아담한 방갈로가 나왔다.

"어마, 깜딱이야! 저놈이 어딜 감히 눈을 부라리고 있어!"

매섭게 노려보는 수탁 한 마리에 펄쩍 뛰는 아그네즈의 사극 톤 대사가 너무 귀여웠다. 모니카는 문법에 맞게 수준급의 한국어를 구사하는 그녀를 볼 때마다 경이감을 느꼈다.

"왔어요? 어서 들어와. 내가 잡채도 했지. 오늘 날 잡았어,
후후."
"어머, 잡채까지……. 잔칫날 같아요. 선생님."

아그네즈의 킁킁대던 콧구멍이 벌렁댔다.

"오! 잡채! 나 한국 있을 때 하숙집 이모님이 해주시던 거. 먹
고 싶었어요."

비빔밥용 각종 볶은 채소를 쟁반에 가지런히 놓으며 교장 선
생님은 윙크했다.

"자카르타에 사는 아는 언니한테 부탁 좀 했지. 요즘 내가 기
력이 허해서 몸보신 좀 해야겠다고."
"선생님, 잘 먹겠습니다."

허해 보이는 것과는 거리가 먼 교장 선생님의 푸짐한 몸매를
보았을 때 빙긋 웃음이 나왔지만, 모니카는 아그네즈와 눈짓을

교환하며 둘만의 비밀 제스처로 억눌렀다.

"참, 선생님들, 내 이름은 '혜순'이세요. 울 집에선 혜순 언니라 부르세요. 집에선 일 생각 안 하고 싶어서. 그냥 혜순이 되고 싶어. 오케이?"

"네, 선생님. 아니, 혜순 언니!"

"음, 바로 이 맛이야. 기내식으로 나온 비빔밥과는 차원이 다르네요. 너무 맛있어요."

아그네즈가 엄지를 올렸다. 사실 아그네즈는 무엇이든 맛깔나게 먹는 선수였다. 식복이 타고난 듯했다. 모니카도 오랜만에 먹는 비빔밥의 다채로운 맛에 빠져들어 평소와는 달리 과식했다. 먹어도 먹어도 뭔가 허전했던 위장 속 한구석이 차오르는 듯했다.

"모니카 선생님 야무지게 먹는 모습 보니 내 십 년 묵었던 체증이 내려가네요. 호호."

혜순이 흐뭇하게 모니카를 바라보았다. 입 짧은 아이 한 술이라도 더 먹이려는 엄마의 미소였다.

디저트를 뒤뜰에서 먹자는 혜순의 의견에 모두 일어섰다. 투박한 나무 테이블 위에 망고랑 쿠키와 커피가 놓였다. 얼기설기 대나무로 엮은 긴 안락의자에 느긋이 기대어 쉬은 하늘을 올려다보았다. 어쩌면 금방이라도 스콜을 퍼부을지 모르는 청량한 듯 미심쩍은 파랑이었다.

"참, 셰일라가 안 보이네. 고 귀요미 어디 갔어요?"

아그네즈가 갑자기 몸을 일으키며 두리번거렸다.

"우리 셰일라, 나도 보고 잡다. 우리 공주. 유치원 캠프 갔잖아. 하루, 이틀, 사흘이나 떨어진다고 내가 펑펑 우는 시늉하니까, 고것이 야멸차게 나를 안으며 등을 톡톡 두드리잖아. 엄마, 밥 잘 먹고, 잘 자고 있으면 사흘 후에 다시 만날 테니 울지 말래. 우리 공주 많이 컸지?"

모니카는 갑자기 아이들 생각이 났다. 용범, 홍민, 연지, 다혜, 주리, 해식……. 아이를 낳아 본 적은 없지만, 한때 엄마가 된 듯했다. 더 이상 아이들을 보지 못하는 현실이 이젠 꿈인 듯했다. 또 다른 긴 꿈을 꾸고 있을 뿐이야. 그냥 좀 깨어나는 데 오래 걸릴 뿐이라고. 모두 잘 있겠지. 아이들과 함께 나누던 웃음, 장난, 한숨들이 여전히 모니카에겐 생생했다. 아이들은 나를 기억할까. 기억한다면 앞으로 얼마나 내가 하는 만큼 그 아이들노 그럴까. 두고 온 추억들이 한적한 열대의 대기 위로 떠올랐다. 그냥 모니카는 믿기로 했다. 그녀가 믿는 만큼 아이들은 각자의 길을 헤쳐 나아갈 것이라고. 흩어진 추억의 파편들 사이로 아이들이 찾아올 때면 어느덧 그 추억은 기도가 되어갔다.

"우리 셰일라, 한글은 잘 익히고 있어요?"

홀로 강을 거슬러 정신없이 떠내려가고 있던 모니카는 화들짝 깨어났다. 커피잔을 내려놓으며 혜순을 돌아보았다. 고무나무가 울창하게 하늘을 찌르며 겹겹이 커튼을 친 사위가 펼쳐지고 점점이 열대 야생화가 그 위를 수놓고 있었다. 산들바람에 이는 꽃향기와 커피의 잔향이 뒤섞였다. 그래, 이젠 지겨운 그 꿈을 꾸지 않잖아. 정신없지만 여유로운 하루가 준 선물이었다. 베개에 머리를 대고 나른하게 돌아가는 천장의 팬 날갯짓 몇 바퀴에 그녀의 눈꺼풀은 달게 내려앉았다.

"셰일라는 똑똑한 아이예요. 어린 게 눈이 초롱초롱해요. 한글

읽기랑 쓰기를 너무 좋아해요. 크면 꼭 엄마랑 한국에 갈 거래요. 한국에서 살고 싶다네요."

혜순은 침묵을 지켰다. 손에 든 부채를 내려놓으며 몸을 일으켰다.

"샘들, 커피 더 할래요? 난 시원한 맥주가 당기네."

낯설었던 그녀의 시간이 이리 행복했던 적이 있었던가. 혜순은 맥주병을 흔들었다. 맥주병에 서린 차가운 물방울이 그녀의 팔뚝으로 똑똑 떨어져 내렸다. 셰일라, 사랑하는 셰일라가 그녀의 시간을 소환해왔다. 함께 나누지 않았던 또 다른 시간을. 갱년기가 시작되자 혜순에겐 자신이라고 믿었던 존재 자체가 낯선 타인으로 다가왔다. 대기업 임원으로 은퇴한 남편과는 오래전부터 함께하는 공간 안에서조차 서로를 외면해왔다. 그 외면이 침묵으로 이어졌고 당연히 예측되는 이별로 마침표를 찍었다. 남편은 끝까지 감정을 억누르고 보이려 하지 않았다. 차라리 소리를 지르거나 물건을 던지는 등 학대라도 했다면 남편이 더 친밀해졌을지도 몰랐다. 미운 정도 인간의 정이니까. 남편도 언젠가는 혜순이 제 모습을 찾아 날개 단 선녀로 훨훨 날아가리란 걸 알고 있었을지도 몰랐다. 두 아들도 독립한 이상 둘은 끝내 예의 바른 이별을 선택했다. 아니, 예의를 가장한 이별이라고 해야 맞았다. 폐경이 다가온 뒤 혜순은 무너지기 시작했다. 이혼은 힘들지 않았다. 오래전부터 수없이 예측해왔던 일이 자연스레 일어난 결과일 뿐 더는 아니었다. 달력에 빨간 동그라미가 쳐진 또하나의 숫자처럼.

"엄마, 굳이 가셔야겠어요? 저희 결혼도 하고 아이도 낳는 모습 옆에서 보시면 안 돼요?"

"음, 그래 니들 애나 봐주는 뒷방 할머니로 늙어가라는 거지? 난 그럴 생각 없어."

무뚝뚝하기만 하던 첫째가 혜순의 팔에 매달렸다.

"엄마 하고 싶었던 일 하시며 여기 그냥 살면 되잖아요? 굳이 우리 두고 떠날 필요까진 없잖아요?"

혜순은 아일랜드 식탁을 내리쳤다. 사기그릇들이 흔들렸다.

"난 꽂힌 게 있어. 내 생전에 푹 빠져버리고 싶고 알고 싶단 말이다. 가서 확인해야지. 니들이 뭘 알아? 엄마 나이 딱 돼봐. 그때도 모르면 말고."

식은 밥을 물에 말아 늦은 점심을 차려 식탁에 앉았다. 잃어버린 입맛이 영 돌아오려 하지 않았다. 만성이 된 위염이 활개를 치는 밤이면 혜순은 고통에 뒤척였다. 홀로된 지 꼬박 한해가 흘렀다. 서울에서 각자 직장생활을 하는 두 아들과도 띄엄띄엄 연락이 늘어졌다. 무소식이 희소식이라고 얼버무리자 오히려 마음이 편해졌다. 세간에 유행인 죽기 전에 용기를 낸 황혼이혼이 남은 삶에 쓰나미 같은 행복을 가져다주리라는 기대는 하지도 않았다. 혜순에겐 예약해 둔 계모임 여행 날짜처럼 치러내야 할 일상 중 하나의 행사로 다가왔을 뿐이었다. 그럼에도 단단히 마음을 먹었지만 밀려드는 무기력을 피할 순 없었다. 명상과 요가가 좋다고 해서 난생처음으로 요가 스튜디오에도 갔다. 젊고 날씬한 요가 강사를 따라 하다가 허리만 삐끗하고 말았다. 일주일도 채우지 못한 채 강습비만 날리고 복대를 하고 집안일을 했다. 장을 보고 요리를 하는 것도 버거워 맨밥에 물을 부어 죽을 만들거나 그냥 말아 끼니를 때우는 날이 늘어갔다. 그날도 그렇게 복대를 한 몸을 겨우 식탁에 밀어 넣고 한 끼를 때우려 하고 있었다. 종일 TV나 보는 아줌마가 되긴 싫어 TV를 멀리해온 그녀였지만 혼자가 되고선 보지도 않고 틀어만 놓는 TV는 어느덧 그녀의 빈 하루를 채워가는 백색소음이 되었다. 그렇게 반려가 된 TV 화면을 문득 보다가 그녀의 초점 없던 눈동자가 고정되었다. 인도네시아 어느 오지 섬 학교에서 한국인 중년 남자가 한글을 가르치고 있었다. 문자가 없었던 한 소수민족이 한글을 그들의 문자로 채택한 후 홀로 섬으로 와 학교를 세우고 그만의 삶을 만들어가고 있었다. 혜순은 수저를 슬며시 놓았다. '그래, 이거야.'

가르치는 일을 해본 적이 없던 혜순은 온라인으로 한국어 강사 양성 코스를 신청했다. 나고 자란 이 나라에서 평생을 써 온 말이 그렇게 낯설고 어려운 줄 몰랐다. 문법에, 역사, 문화까지 배우고 가르쳐야 하는 방대한 커리큘럼을 익히고 연습하는 과정이 쉽진 않았지만, 혜순은 무기력과 안녕을 고했다. 남은 인생을 어떻게 보내야 할지 감이 왔다. 그녀의 계획을 듣고 두 아들의 반응은 당연하게 예상했던 바였다. 소원했던 모자 사이에 때늦은 간섭 질을 시작했다. 니들 인생은 니들이 살아. 내 인생은 내가 살 테니까. 아들들이 마지막까지 포기하지 못한 건 집 문제였다. 개인플레이를 해오던 두 아이도 그때만은 합체가 되었다. 집만은 팔아선 안 된다. 가족이 모이고 돌아올 곳은 있어야 한다는 둥 오히려 꼰대가 되어 그녀에게 맞섰다. 그녀가 욕망했고,

가졌고, 남겼던 모든 흔적을 정리하는데 꼬박 한해가 흘러갔다. 이제 혜순은 이곳 열대의 낯선 그녀만의 대지에 서 있었다. 불친절했던 대지에 발을 디딘 후 지난 다섯 해동안 수없이 졸였던 가슴이 이제야 평온해지기 시작했다. 낡았지만 그녀만의 보금자리인 방갈로 뒤뜰에서 열대의 닭을 키우고, 부겐빌레아를 꺾어 거실을 장식하며 그녀만의 시간을 엮어가는 자신이 대견했다.

"혜순 언니, 저도 맥주 마실래요."

모니카는 백일몽에서 깨어났다 꾸기를 반복하는 새로운 루틴을 이곳에서 습득하게 되었다. 이 섬은 팽팽하게 조이기만 했던 그녀의 신경을 느슨하게 푸는 마법을 가졌다. 계획을 세우고 걱정하고 긴장만을 하며 쳇바퀴를 돌려왔던 그녀를 무장해제 시켰다.

"오호, 이젠 '언니'란 말 자연스럽게 나오네."
"네, 그러게요. 자연스럽게."

모니카는 헤죽 웃는 아그네즈를 돌아보았다.

"아그네즈, 맥주 마실래요?"

닭들과 숨바꼭질하던 아그네즈가 한쪽 팔을 들고 손사래 쳤다.

"아뇨, 우리 마미 알면 기절해요. 술 마시면 안 돼요."
"아, 아그네즈 이슬람교잖아. 어른들은 또 다르잖아. 율법 같은 거 잘 지키고."

모니카는 고개를 끄덕였다. 아그네즈는 히잡을 쓰지 않고 한국 아가씨처럼 긴 생머리를 찰랑거리며 화장도 진하게 했다. 한국 유학 시절 영향을 많이 받은 듯했다. 불고기, 잡채, 김밥 무엇이든 한국 음식은 잘 먹었다. 심지어 된장찌개를 집에서 종종 끓여 먹는다고 했다.

"지난번에 교장 선생님, 아니, 혜순 언니 주신 된장 집에서 끓였잖아요. 처음엔 이상한 냄새 난다고 부모님 안 드셨는데 이제 즐겨 드세요. 자꾸 먹으니까 생각난다고요."
"한국의 맛이지. 나도 여기 왔을 때 음식 때문에 고생했잖아. 기름진 건 그럭저럭 참을 수 있는데 향신료 때문에 거슬려 고생 좀 했어. 지금은 괜찮잖아."

모니카는 배앓이 했던 날들을 떠올리며 키득댔다.

"난 천하무적일세. 뭐든 입에 달고 소화 잘 시키니까. 식복은 타고난 셈이지."

혜순은 빈 맥주병을 박스에 담고 새 병을 땄다.

"언니처럼 강한 사람이 제 로망이에요. 전 어릴 때 걸핏하면 픽픽 넘어졌어요. 하하."
"모니카 씨, 무슨 말씀을……. 난 여기 오기 전 땅에 딱 붙어 있었어. 365일 땅거미 모양 기지도 못했걸랑."

세 여자는 배꼽이 빠지도록 한바탕 웃었다. 맥주로 적당히 풀어진 몸이 느긋이 의자에 파묻혔다. 서로 다른 공간과 시간 속에서 하루를 살아내고 버텨내던 낯선 존재였던 그들이 지금 여기 모여 맥주를 기울이며 함께 같은 공기를 마시고 있었다. 모니카는 그녀가 건너온 이 공간이 다른 차원이라 여겼지만, 한편으론 언젠가 그녀가 머물렀던 공간으로 데자뷔가 일어나는 듯했다. 이 향기와 눅눅함과 건조함이 뒤섞인 공기, 이국적인 웃음, 음성과 문자의 조합들이 낯설지 않고 친밀하게 다가왔다.

"지금껏 무엇이 되고 싶었던 적이 없었어요. 어려서부터 선생님께, 어른들에게 무엇이 되어야 한다고, 무엇을 가져야 한다는 말들을 듣고 자랐어요. 교습소를 운영할 때도 늘 무엇에 쫓기는 기분이었어요. 월세, 손익 부기점, 신입 모집, 학부모 관리 같은 그 어느 세상에도 존재하지 않을 거 같았던 재미없는 일들에 발목이 묶인 것 같았죠."

혜순은 말없이 고개를 끄덕였다.

"전 영어를 하면서 자유를 얻고 싶었어요. 그냥 날아가고 싶었어요. 단지 그것뿐이었는데……. 제가 하고 싶어 선택한 언어에 책임이 따를 줄은 몰랐어요."

"선택한 것에 책임을 충분히 졌잖아. 그럼 된 거지. 뒤돌아보지 마."

"잘 모르겠어요. 책임을 충분히 졌는지. 아직 남았는지. 이젠 적어도 알아요. 무엇이 된다는 것보다 무엇을 하고 있다는 게 중요하단 걸요. 제게 의미 있는 무엇을 하고 있다는 거. 그거면 충분할 거라는 예감이 갈수록 들어요. 이거 좋은 예감 맞겠죠?"

"당근이지. 언어라니 생각나네. 난 남편이랑 삼십 년을 살면서 내 말도 잊어버린 것 같아. 남편이었던 사람이 워낙 과묵하고 필요한 말만 하는 타입이었던 것도 있지만 함께 나눠 마시던 공기가 이상하게 갈수록 나를 거부하더라고. 숨이 막혔어. 참 웃긴 게, 여기 와서 애들을 가르치면서 내 말을 원대로 하는 거 있지. 속이 뻥 뚫리는 게, 모니카가 말한 언어의 자유란 걸 얻은 느낌이야. 그동안 수다쟁이 아줌마가 얼마나 답답했겠어. 고구마 열 개는 삼킨 것처럼."

"와! 혜순 언니, 제대로 물 만났어요."

"어머, 아그네즈. 그런 말도 알고 있어?"

"당근이죠. 저 한국어 능력 시험 6급 패스한 사람이에요. 호호. 근데 혜순 언니, 우리 다음엔 어떤 음식 먹어요?"

"뭐 먹고 싶은 거 있어? 아그네즈 먹고 싶은 거 있음 말해. 이 언니가 다 해줄게."

"네, 미역국, 떡볶이! 한국에 있을 때 하숙집 이모가 저 생일이라고 해주셨어요."

"오케바리! 근데 아그네즈 한국어 선생 된 이야기 모니카에게 풀어보면 어떨까? 얼마나 대단해. 재밌을 거야."

갑자기 아그네즈가 조용해졌다. 감히 침범하면 안 될 것 같은 침묵이 흐르자 모니카는 혜순에게 눈짓을 했다. 혜순은 알 수 없다는 듯 어깨를 으쓱하며 김빠진 남은 맥주를 들이켰다.

아그네즈가 어릴 때 살던 동네엔 태권도장이 있었다. 자카르타에서 무역업을 하던 아빠는 아시아 여러 나라로 출장을 많이 다녔다. 특히, 중국, 일본과 한국은 이웃 나들이 기듯 드나들었다. 한국의 지인을 통해 태권도 수련에 빠진 아빠는 꼬맹이 아그네즈와 동네 태권도장에 등록했다. 기품 있고 역동적인 이국의 스포츠에 흠뻑 빠져들며 부녀는 진지하게 수련했다. 또래보다 덩치와 골격이 컸던 아그네즈는 두각을 나타냈고 초등학교, 중학교에 다니며 대회에 출전해 메달도 땄다. 구령할 때, 인사할 때 힘차게 되뇌던 한국어는 아그네즈의 혀에 또 다른 모국어로 또르르 구르며 착 감겼다. 대학을 진학할 때가 되었지만 아그네즈의 마음은 저 태평양 너머 먼 상상 속의 나라로만 달음질했다. 무엇이 되고자 하는, 무엇을 하고 싶다는 욕망도 없이 오직 그곳에서 살아보고 싶다는 갈망만이 자라갔다. 메달까지 딴 태권 소녀가 마음 가득 뿌듯한 자랑거리였던 아빠는 딱히 그녀의 유학에 반대하지 않았다. 오히려 적극적으로 지원했다. 딸이 다른 문화와 세계를 체험하고 돌아와 종교나 인습에 얽매이지 않고 자유롭게 살아가기를 내심 바랐다.

서울 K대학 어학당에 교환학생으로 입학한 아그네즈는 신세계를 살았다. 익숙하지 않은 추위와 음식은 날이 갈수록 아그네즈의 생체리듬을 연주하며 그녀를 길들였다. 다른 문화권, 다른 피부색을 가진 사람들이 모여 동경하던 이국의 언어를 배우는 시간은 롤러코스터를 타듯 하루하루 모험의 연속이었다. 한국어 강사에게 칭찬받으며 아그네즈는 열심히 수업에 임했다. 수줍음을 많이 타고 조용한 아그네즈는 학생들 사이에선 그리 인기가 없었지만, 강사들 사이에선 탐나는 학생이었다. 지난 시간에 배운 내용들을 철저히 복습해 오고 과제들도 빠짐없이 해오는 유일한 학생으로 어학당에서도 소문이 났다. 주로 학생들의 국적은 베트남, 중국이 많았기에 짙은 올리브색의 피부에 덩치가 큰 인도네시아인인 그녀는 눈에 띌 수밖에 없었다. 캠퍼스에서 학생들과 마주칠 때마다 지나치게 말을 아끼고 낯을 가렸지만, 수업 시간이 되면 억누른 열정을 마음껏 분출하는 아그네즈를 학생들은 '조용한 활화산'이라 불렀다.

"자, 여기 보세요. 퀴즈 맞히는 사람 선생님이 커피 쿠폰 쏠게요."

수업 시간마다 P 강사는 퀴즈를 냈다. 이번엔 제시된 문장에서 문법 오류를 찾아내는 퀴즈였다. 2급부턴 문법 난이도가 가파른 수준으로 올라갔다. 한국어의 존댓말과 조사, 어미가 다양하게 발달하는 단계에 이르자 묵묵히 나아가는 학생과 대놓고 게으름을 부리는 학생이 선명하게 나뉘었다. 고개를 숙이며 펜을 만지 작거리고, 폰으로 검색하고, 파트너와 아예 딴짓하는 학생들로 소란스러운 가운데 눈치만 보고 있던 아그네즈는 눈을 번쩍 들 었다.

"선생님, 여기요."
"오, 또 아그네즈네. 역시!"

아그네즈의 차분하면서도 또박또박한 정답에 P 강사의 입매 가 흡족한 듯 올라갔다.

"자, 아그네즈, 별다방 쿠폰 당첨!"

그깟 커피라는 듯 학생들은 주목조차 안 했다. 종이 울리자 다 들 후다닥거리며 교실을 우수수 빠져나가기엔 열심이었다. 학생 들이 빠져나가자 아그네즈는 쭈뼛거리며 수업자료들을 정리하 는 P 강사에게로 다가갔다.

"응, 아그네즈?"
"저…… 선생님, 커피 쿠폰 오늘 저랑 함께 쓰면 어때요?"

교정을 따라 교문으로 이어진 가로수 길을 걸으면서 P 강사는 고개를 살짝 숙인 아그네즈의 옆얼굴을 훔쳐보았다. 짙은 눈썹 아래 자리한 큰 눈망울 위로 길고 컬을 한 듯 포물선을 그리며 속눈썹이 그늘을 만들었다. P 강사는 아그네즈와 단둘이 얘기를 해본 적이 없었지만 늘 눈에 들어온 학생이었기에 이런 개인적인 티타임을 가지는 것도 즐거웠다. 학생과의 소통은 한편으로는 부담은 되었지만 늘 기대되는 일이었다. 말없이 묵묵히 일관되게 성실한 태도를 유지하는 학생은 드물었다. 어려운 환경에서 자라 막연한 미래를 붙잡고 이곳에 온 학생들이 대부분이었다. 학기가 끝나기도 전에 불법취업을 하기 위해 낙오하는 학생들을 볼 때면 P 강사는 늘 안타까웠다. 안타까운 현실, 보이지 않는 높은 벽은 늘 그들에게 존재했다. 아그네즈의 단정하면서도 조용한 여유는 학업에 대한 열의로 뿜어져 나왔고 그녀가 모국에서 적어도 중산층 출신임을 짐작할 수 있게 했디. 점심시간이 되기도 전에 이미 카페는 거의 빈 자리가 보이지 않았다. 창가에 겨우 난 자리를 잡고 그들은 커피를 주문했다. 캠퍼스는 흩날리는 벚꽃들로 벌써 학생들의 마음을 사로잡아 축제의 장으로 데려갔다. 중간고사가 코앞에 있었지만 무심한 채 캠퍼스는 흐드러지기만 했다.

"저, 선생님은 어떤 거 좋아해요? 자유로울 때 말이에요."

뜨거운 라떼를 호호 불며 마시던 P는 입천장이 빗겨질 듯한 열기를 식히려고 머그잔을 내려놓았다. 제법 고급 언어를 구사할 줄 알지만 아직은 다소 어색한 아그네즈의 말투에 은근히 뿌듯함이 밀려왔다. 한창 젊은 혈기들은 이국의 밤 문화를 빨리 습득해 불태우기 바쁜 나날을 보내기 마련이었다. 이토록 한국어에 진심인 학생은 그녀의 파리 목숨 같은 계약직의 불안한 하루하루에 작은 자부심을 안겨 주었다. 기대하지 않았던 깜짝 선물 같은 거라 할까.

"음, 난 그냥 집에서 쉬어요. 드라마, 영화도 보고. 밀린 잠도 자고요. 아그네즈는 뭐 해요?"

아그네즈의 올리브 빛 얼굴이 달아올랐다. 짙은 속눈썹이 내리깔리며 그늘이 진 그녀의 둥근 얼굴이 앳되고 윤이 났다. P는 한때 아주 잠시였지만 그녀를 스치듯 사라진 푸릇했던 청춘을, 수줍은 듯 향기를 뿜으며 말캉대던 시간을 떠올렸다. 대학을 졸업하고 공무원, 공사 시험을 준비하다 보낸 시간 사이사이로 쉬지 않은 각종 알바에 청춘을 담보해버린 그녀의 20대가 꼬리를 물고 올라왔다. '좋은 때다.' 아그네즈를 바라보는 P의 눈빛에 물기가 어리며 반짝였다.

중간 평가와 기말 평가를 치르며 빛의 속도로 한 학기가 가버렸다. 종강 후 무급휴가나 다름없는 방학이 올 때면 P의 가슴엔 찬바람이 불 뿐이었다. 타 대학 수업을 동시에 뛰는 강사들도 마찬가지였다. 그들도 더 나을 것이 없었다. 닿지 않는 무지개를 향해 쳇바퀴를 돌리는 신세는 다를 게 없었다. P에게 방학이란 집에 콕 박혀 외출도 거의 하지 않는 동면을 뜻했다. 운 좋게 자리 잡은 친구들은 해외로 휴가를 갔고, 어중간한 나이에 워킹홀리데이를 떠나는 친구조차 부러움의 대상이 되었다. 학기가 끝날 때마다 수업 평가에 목을 매고, 학교 눈치를 봐야 하는 그녀의 처지는 단 하루의 꿀잠도 허용하지 않았다. 방학은 그녀만의 굴로 들어가 정신없이 빠져들 수 있는 깨고 싶지 않은 밤이었다. 수면제를 늘여 달랄까. 그도 여의찮을 것이었다. 의사와 다투다시피 복용량을 늘린 게 고작 몇 주 전이었다. 꺼놓았던 휴대전화의 전원버튼을 며칠 만에 눌렀다. 카톡과 문자의 물결이 쇄도했다. 낯선 문자가 창에 떠올랐을 때 P의 가슴이 철렁했다. 아그네즈였다. 장문의 카톡이 화면을 채우는 순간 그녀의 머리가 아득해졌다.

P에겐 난생처음 특별한 휴가였다. 그들은 강화도로 여행을 떠났다. 바글대는 휴양지도 그들만의 특별한 섬이 되었다. 비밀의 섬, 환상의 섬, 누구나 한번은 꿈꾸어 보았던 섬. 바다에 면한 초라한 민박집에서 하룻밤을 보낼 때 아그네즈는 고백했다. 고등학교 시절 자신이 뭔가 남과는 다르다는 걸 알았다고. 국제학교지만 보수적인 종교재단의 분위기 속에서 아그네즈는 늘 겉도는 느낌이었다고. 그러다가 동급생을 짝사랑했다. 그 아이는 예쁜 머리칼을 히잡으로 감추고 있었지만 아그네즈는 늘 히잡 아래에서 출렁이며 하얗고 둥근 어깨 위로 늘어지는 그 아이의 머리 다발을 눈으로 그렸다. 그 아이의 기사가 교문에서 대기하고 있을 때마다, 윤이 흐르는 검은 세단의 문이 열리고 그 아이가 탈 때마다, 아그네즈의 가슴은 에였다. 하루해가 빨리 지고 뜨기를 기도하며 그 아이의 얼굴을 보기까지의 시간을 고통스레 삼켜야 했다. 아빠가 스위스로 출장 갔다 사 온 아껴둔 린트 초콜릿을 몰래 그 아이의 가방에 넣어두었다. 분홍색 봉투에 수줍게 쓴 편지와 함께. 복도에서 마주친 그 아이는 아그네즈를 마주했다. 보석같이 반짝이던 눈매가 사나운 매가 되어 아그네즈를 쏘아보았다. 얼어붙은 아그네즈는 큰 어깨를 움츠렸다. 그 눈매가 아그네즈를 채찍으로 휘감았다. 돌아서는 그 아이의 눈에 눈물이 고였다고 생각했을 때 아그네즈의 무릎은 무너졌다.

그 뒤로 학교를 어슬렁대는 흉흉한 눈길들, 공공연한 비밀스런 소문들이 아그네즈에게 조용히 다가왔다. 말이, 눈빛이 쌓여 차츰차츰 눈덩이가 되어 굴러왔고 아그네즈는 그 눈덩이에 깔려 끝날 날만을 기다렸다. 저기 먼 아체에선 태형 감이라더라. 모스크 사원 밖에서 남자 세 명과 여자 한 명이 공개적으로 매질을 당했다더라. 밤마다 거대한 눈덩이가 그녀에게 굴러왔다. 두건을 쓰고 눈을 가린 사람이 채찍을 들고서 아그네즈의 등 뒤로 다가왔다. 그 칼날 같은 고통이 그녀의 등을 강타하기 전에 그녀는 눈을 떴다. 뜬 눈을 질끈 감고 베게 위로 풀썩 쓰러지기를 반복했다. 아그네즈는 학교를 그만두었다. 집으로 돌아와 대문과 벽 안의 세상에 한동안 자신을 가뒀다. P는 안쓰러운 듯 아그네즈의 곱슬곱슬한 긴 머리를 손가락으로 빗어 내렸다. P 에겐 아그네즈는 한없이 연약한 아기였다. 이 이국의 소녀가, 아니 연약한 여자애가 어떻게 꼬인 세상 속을 걸어 나길지, P는 자신이 짊어진 무게조차 감당이 되지 않았지만, 아그네즈의 짐은 가늠이 되지 않았다. 그들의 관계조차 너울거리는 밤바다 아래로 가라앉는 듯했다.

"저 선생님 없으면 안 돼요. 1급 수업 첫 시간에 선생님 본 순간부터 좋아했어요. 사랑해요."

아그네즈는 P의 가슴골에 머리를 묻었다.

집으로 돌아오는 비행기 안에서 아그네즈는 헤드셋을 쓰고 선글라스를 낀 채 흐느꼈다. 물도, 기내식도 손을 대지 않았다. 살아 있는 동안 한국이란 나라엔 다시 갈 일이 없었다. 한국에서 온 사람도 만날 일이 없었다. 한국 음식도 먹을 일 없었고, 태권도도 다신 하지 않을 것이었다. 비행기가 인천공항을 떠오를 때 아그네즈는 겹겹이 안고 있는 구름을 뚫고 한없이 위로 올라갔으면 했다. 그냥 사라졌으면 했다. 한국만 아니라면. 한국을 잊을 수만 있다면. 그 어느 곳이라도 상관없었다.

"어머, 노을 좀 봐. 어머, 어쩜, 너무 예뻐요!"

모니카는 저도 모르게 손뼉을 쳤다. 오렌지빛과 보랏빛이 오묘하게 서로를 휘감으며 하늘을 물들여갔다.

"벌써 해가 저무네. 수다 떠니 시간이 금방이네요."

모니카는 짐짓 길었던 오찬을 마무리하고자 마지막 수다를 포기하기로 마음먹었다. 고개를 돌리니 혜순의 볼에 하염없이 눈물이 흐르고 있었다. 아그네즈는 당황했다.

"교장 선생님, 아니, 언니, 우세요? 안 돼요. 제가 괜한 얘기를……. 죄송해요."

"아냐, 아그네즈. 고마워, 얘기해줘서. 난 괜찮아."

"전 지금 행복해요. 한국어 선생님이 됐잖아요. 아이들 가르치는 거 너무 좋아요. 선생님들 만나서 함께 할 수 있어서 전 운이 좋아요."

아그네즈의 짙은 눈썹이 활을 그렸다.

"한국이 미웠어요. 한국 사람이 싫었어요. 지금은 아니에요. 한글이 멋지고 언니들이 좋아요. 저 어릴 때 『빨강머리 앤』 아주 좋아했거든요. 읽고 또 읽었어요. 마지막에 앤이 고향에 남아서 아이들을 가르치는 선생님이 되잖아요. 저도 그렇게 되고 싶었던 거 같아요. 이렇게 꿈을 이루었잖아요. 한국에 갔고, 한국어 배운 거 너무 잘한 거 같아요, 이젠. 정말이에요."

내가 있을 자리, 내 자리

아이들의 눈망울을 마주할 때마다 모니카의 가슴은 첫사랑을 만난 소녀의 수줍음으로 떨렸다. 제대로 된 한글학교의 모습을 하루하루 갖춰가는 이곳은 개척지였다. 모니카의 초췌한 마음에도 조금씩 조금씩 살이 오르기 시작했다. 방과 후 학원을 순례하며 배움의 기쁨을 잊어버린 교습소 아이들의 텅 빈 눈빛을 떠올리며 모니카는 잠시 멈칫했다. 배움의 기쁨이 스파크가 되어 이 소박한 교실을 환하게 밝혀주는 나날을 마주하며 그녀는 행복했다. 그 기쁨에 마음은 한편으로는 단단해져 갔지만, 이 전율을 그녀가 두고 온 저편의 세계에선 볼 수 없다는 생각에 가슴 한쪽이 아려왔다. 보조교사를 하며 아이들과 뛰어놀고 햇살 속에서 온통 푸르름과 벌레들을 다루는 이 삶에 지칠 때면 그녀의 마음은 달려갔다. 레이나의 중국어 교습, 해산물을 먹지 못하던 베가. 그러다 북극 위 베가 성으로 그녀의 상념이 드론을 타고 수직으로 떠올랐다. 지친 아이들의 혀 위에 이곳의 맑고 뜨거운 기운을 동글한 알사탕으로 빚어 하나하나 얹어주고 싶었다. 어느새 익숙해진 좁고 거친 침대 위에서 모니카는 책을 펼쳤다. 천장에는 선풍기가 돌아가다 끽끽거렸다. 그러다 윙윙거리길 반복했다. 창문을 열었다. 잠이 잘 오지 않으면 음악을 좀 듣다 눈이 스르르 감기곤 했다. 자비에 쿠거의 <마리아 엘레나>가 경쾌하게 흐르기 시작했다. 눈을 감으니 취한 듯 몸을 맡기는 순백의 속옷을 입은 한 남자가 떠올랐다.

그리운 원장님께

원장님, 잘 지내고 계신 거죠? 그러리라 믿고 있어요.
소식을 전한 지 오래돼서…… 죄송해요.
전 잘 지내고 있어요. 사실, 요즘 생각이 많아요. 머리가 복잡해서 잠을 설치는 날도 많고요. 단순한 저한테 이

런 날이 올 줄은 몰랐어요, 하하. 대학 어학당에서 중국어를 가르치는 게 꿈이었는데 막상 정신없는 시간 속에서 저는 어지럽고 비틀비틀하고 있어요. 계약기간에 노한 학기가 끝날 때쯤이면 강의 평가를 받고, 재계약에 목을 매며 언제 잘릴지 가슴 졸이는 이곳이 제자리가 맞는지…… 잘 모르겠어요. 원장님께서 겪으신 지난 모든 일을 떠올릴 때면 원장님도 그때 많이 외로웠겠구나 싶어요. 그래도 원장님을 생각할 때면 저도 모르게 마음이 잔잔해져요. 혹시 가끔 제 생각도 하시나요? 사실 전 원장님 생각할 때마다 조금씩 힘이 솟고 위안을 받아요. 함께했던 시간이 새삼 특별하고 소중하게 여겨져서 그런가 봐요. 밤을 지새우고 이렇게 노트북을 열었어요. 이번 방학에 저에게 쉼을 주려고요. 원장님 보고 싶어요. 제가 곧 노 저어 달려갈 테니 기다려주실 거죠?

레이나 드림

한글학교 운동회가 열렸다. 열대의 후텁지근한 대기 속에서 흐르는 땀을 훔치며 모니카는 아이들과 함께 달렸다. 초등학교 가을 운동회의 그 운동장이 떠올랐다. 끝이 없이 뚫린 파란 하늘을 가르며 만국기가 펄럭였고, 호루라기와 음악이 고막을 찢었다. 운동회는 곧 동네잔치였다. 어르신들과 아이들이 어우러지며 웃음과 함성이 메아리쳤다. 엄마랑 삶은 밤과 김밥을 맛나게 먹고 모니카는 달렸다. 젓가락처럼 가느다란 팔다리로 가을 공기를 가르며 모니카는 달렸다. 꼴찌를 해 속상했지만, 마음껏 웃었다. 한글학교 운동회를 계획하며 혜순, 모니카, 아그네즈와 레이나는 당분간 주말 오찬을 반납했다. 작은 행사지만 올해만큼은 특별했다. 한글학교 개교 5주년 기념 운동회가 될 것이기에 다들 마음의 무게가 배가 되었다. 한글학교답게 한국문화와 아이들의 고향 문화가 어우러지는 문화교류의 마당이 되어야 했다. 혜순은 혜순의 운동회, 모니카, 레이나와 아그네즈는 그들만의 운동회를 떠올렸다. 어린 시절 가장 빛나던 때, 세상을 가졌던 때를 소환했다. 그거면 충분했다. 주인공은 단지 아이들이면 됐다. 이곳 한글학교에서.

제기차기, 줄다리기, 모래주머니 던지기로 대미를 장식하는 운동회를 보며 혜순의 눈가가 뜨겁게 달아올랐다. 어려서 또래 친구 중 힘이 장사였던 혜순의 장기는 줄다리기였다. 청군 백군 중 혜순이 속한 쪽은 무조건 든든했다. 선두는 늘 혜순의 차지였다. 그녀는 빛났다. 이혼을 마무리하고 그녀만의 세계를 준비했던 시간. 연고도 없는 이국의 오지에 발을 들이며 먹었던 마음. 학교라고 하기엔 조잡한 방갈로 규모의 건물 안에 책상 두어 개를 놓고 시작한 수업들. 한국 정부나 지자체에선 도움을 전여 받을 수 없어 재정과 한글 교사 부족으로 위기도 여러 번 왔다. 1만 8천여 개의 섬이 있고, 350개의 민족이 있는 곳이라는 설정은 혜순에겐 피부에 닿지 않았다. 상관없었다. 오직 그녀의 학교만이 그녀의 세계였다. 입국하고 몇 달이 되지 않아 말라리아에 걸렸을 때도 혜순은 포기하지 않았다. 병원 침대에 누워 정신이 오락가락하는 가운데 두 아들이 간절히 떠올랐지만 돌아보지 않았다. 언젠가는 학교가 정부의 공식승인을 받아 재정적으로 지원받고 규모가 커지는 소망을 품어보기도 했다. 한 해 한 해가 가며 혜순은 이제 그마저도 내려놓았다. 이곳에 온 이후로 더 이상 마음이 고프지 않았기에. 홀로만 떠 있는 섬이라고 느끼지 않았기에. 그동안 받지 못했던 선물을 하나씩 받는 기분이었다. 그거면 족했다. 아이들의 까만 눈동자에서, 한글을 또랑또랑 읽는 귀엽고 보드라운 혀끝에서 혜순은 날마다 선물을 하나씩 받았다. 홀로였지만 함께였고 외로웠지만, 다시 가슴이 뛰기 시작했다.

"원장님, 저 살 좀 오른 거 같지 않아요?"

까맣게 그은 레이나가 세면대 거울을 보며 말했다.

"그래서, 다이어트하려고? 적당히 볼륨 있고 딱 보기 좋아, 돈 들여 선탠 안 해도 되겠고."

뿌듯한 표정으로 레이나가 식탁에 앉았다. 레이나의 방학도 어느 샌가 끝나가고 있었다.

"두 달이 금세네. 레이나 샘 컴백 홈 해야 하네……."

모니카는 아쉬움을 담아 말꼬리를 늘였다.

견과류와 시리얼을 볼에 붓고 우유를 따랐다. 소박한 아침 식사로 하루를 열고 오전수업이 끝나면 든든한 점심으로 하루를 풍성하게 채웠다. 바나나를 벗기는 레이나의 손길에 진중함이 묻어났다. 한입 베어 물고 레이나는 식탁 너머 작은 베란다로 이어지는 정원을 그윽하게 바라보았다. 아침부터 햇볕이 따가웠다. 레이나는 아무 말 없이 식사를 마쳤다. 모니카는 늘 참새처럼 재잘대는 레이나의 식사 수다가 들리지 않자 의아했다. 식사를 마친 레이나는 일어서서 커피포트에 물을 채웠다. 오래된 전기포트는 가끔 말썽을 일으켰지만 고맙게도 아침마다 제 역할을 해냈다.

"원장님, 커피 드세요."

"언제까지 원장님이라고 부를 거야?"

"그럼요, 저한테 원장님은 영원한 원장님이에요."

"나 이제 그 소리 듣기 싫어. 그냥 모니카 쌤이라고 불러. 우린
이제 동료잖아. 한국어 선생님!"

"정말요? 저도 선생님이에요? 와!"

"싱겁긴……. 그럼, 뭐지?"

식사 내내 그늘졌던 레이나의 얼굴이 환해졌다.

"저 돌아가지 않기로 했어요. 여기 도착한 날부터 내내 생각했
어요. 중국어가 좋아서 하고 가르쳤지만 제 자리는 늘 없었어요.
불안했고 눈치 보는 하루하루였어요. 어딘가 내 자리는 없을까
생각하고 찾아 헤매며, 늘 나를 환영하지 않는 그 자리를 맴돌았
어요. 여기서 지내며 전 알았어요. 더 이상 잡히지 않는 이국의
언어가 아니라 정겨운 나의 말을 가르치면서요. 이곳이 내가 있
을 자리, 내 자리란 걸요."

모니카는 건배하듯 머그잔을 들어 올렸다.

"난 왠지 레이나 쌤이 이 선택을 할 줄 알았어 굿 초이스야. 두 팔 벌려 환영해!"

"감사해요. 근데 제가 잘 할 수 있을까요?"

"레이나 쌤은 나한테 보증수표야. 누구보다 가르치는 데 열정이지. 아이들을 사랑하고. 더 필요해?"

"레이나 선생님. 나도 중국어 과외 받고 싶은데. 모니카한테 들었어요. 예전에 중국어 수업받았다고."

오랜만에 가진 오찬이었다. 혜순은 간밤에 재워놓은 불고기를 구웠다. 하필 바람도 불지 않아 좁은 정원은 온통 메케한 연기가 가득했다. 불고기는 호불호가 없는 만인의 애인이었다. 먹을 때마다 양념과 육즙이 어우러져 입안에서 고향의 맛을 즐겼다. 파티를 끝내고 학부모들이 두고 간 망고를 디저트로 들며 넷은 뒤뜰 장의자에 누워 있었다. 아그네즈는 불고기를 너무 많이 먹었다며 배를 쓰다듬었다. 레이나는 눈을 둥그렇게 떴다.

"네, 교장 선생님도요?"

"응, 모니카 쌤 수업 받는 데 나도 끼워주라. 얼마 전 데이트앱에서 만난 남자가 화교잖아. 자카르타에서 사업을 한다네. 나도 거기도 짧은 영어로만 채팅하니까, 맹숭맹숭하기도 하고 답답해져서. 중국어 배워서 그 사람에 대해 더 알고 싶이지기도 하고."

모니카는 열렬히 윙크를 날렸다. 레이나와 아그네즈는 감탄사를 날리며 손뼉을 쳤다.

양 볼이 빨개진 혜순이 손사래 쳤다.

"황혼의 로맨스 좀 해볼까 하는데 아직 진지한 관계는 아니야. 서로 알아가는 단계랄까. 반은 재미고."

레이나는 흔쾌히 고개를 끄덕였다.

"언제든 환영입니다요. 근데 교장 선생님 열공하셔야 해요. 아니면 아웃입니다."

"오케이! 나 각오되어 있어요. 요즘 우리 셰일라가 한글 공부 얼마나 열심히 하는데. 아, 날 닮아 학구적인가. 이 엄마도 더 열심히 해야지. 그래야 우리 딸이 자랑스러워하지."

레이나는 담아두기만 했던 궁금증을 이참에 끄집어내기로 마음먹었다. 머리를 긁적이며 혜순의 눈치를 살폈다.

"저…… 셰일라는 어떻게 낳으셨어요?"

뜬금없는 레이나의 소심한 속삭임에 다들 빵 터졌다.

"아, 레이나 쌤은 아직 못 들었구나. 우리 셰일라, 가슴으로 낳았지. 내 보물. 여기 처음 온 지 이 년쯤 되었을 땐가? TV 뉴스를 보고 있었어. 인도네시아 동부지역 소순다 열도 어느 마을에서 화산이 폭발해 심각한 피해를 봤다는 소식이었어. 부모를 잃은 아이들이 교회 구호 단체와 한국교회들이 세운 그룹홈에 머문다는 소식을 듣고 지역 당국에 연락했어. 뭐랄까, 뉴스에 나온 아이들이 계속 아른거렸다고나 할까. 세 살 된 셰일라를 본 순간 난 그냥 사랑에 빠졌어. 어쩔 도리가 없었어. 아들 둘만 키워본 나는 늘 공주를 키운 엄마들이 부러웠거든. 셰일라가 날 본 순간 그 조막만 한 손으로 내 손을 꽉 쥐더라고. 내 딸 하려고 그랬는지……."

레이나의 안경알 너머로 안개가 피어올랐다.

"그러고 보니 셰일라가 점점 교장 선생님 닮아가는 거 같아요."

"그래? 나처럼 뚱뚱해지면 안 되는데……. 성격은 나 닮으면 오케이고. 난 단순하거든. 호호."

레이나는 안경을 벗어 소매로 닦으며 사뭇 진지하게 대꾸했다.

"셰일라는 미스 인도네시아, 아니, 미스 유니버스 될 거예요. 제 맥주 한 병 겁니다요."

원장님, 안녕하세요.

저 박수훈입니다. 기억하시죠? 사실, 원장님께 진작에 편지를 쓰고 싶었는데 이제야 쓰게 되네요. 원장님과 수업을 하던 날들을 늘 떠올렸습니다. 그 기억들이 제게 힘을 주었어요. 아시죠? 참, 전 지금 호주에 있습니다. 워킹홀리데이로 여기 와서 이리저리 구른 지 벌써 두 해가 되어가네요. 딸기농장에서 딸기를 따고, 식당에서 주방보조도 하며 쉼 없이 일했어요. 한국에서 택배 일을 할 때랑 별다를 게 없는 인생이라 여겼는데 이제야 조금씩 제 궤도를 찾아가는 것 같아요. 앞으로 이곳에서 영주권을 따고 클리닝 회사를 차리는 꿈을 갖게 되었어요. 몸은 고되지만, 인건비와 워라벨이 좋으니 불만은 없어요. 무엇보다 내 존재와 능력을 인정받고 그것에 맞게 대우받는 기분을 느낄 수 있어요. 한국에선 경험해 보지 못했죠. 그때문에 여기에 정착해야겠다는 의지가 생겨났어요. 원장님께 연락드리려 했는데 지난번 번호로도 연락이 안 돼 내심 상처받았는데(저 보기보다 약한 남자입니다) 레이나 쌤과 연락이 닿아서 이렇게 연락을 드립니다. 제가 생각해도 전 운이 좋은 녀석입니다. 무엇보다 원장님을 만날 수 있었던 게 억세게 좋은 제 운이었다고 생각합니다. 조만간 휴가를 내 찾아뵈어도 될까요? 호주랑 인도네시아는 그리 멀지 않은 것 같은데요. 원장님 모습이 기대되네요. 제 모습도 기대하세요. 건강하셔야 합니다.

박수훈 드림

수훈과의 마지막 수업이었다. 두 달 만에 퇴원한 수훈은 젊은 탓인지 회복도 빨랐다. 당분간 택배 일을 쉬기로 했다며 씩 웃으며 교습소를 들어섰다. 두 손엔 떡 상자가 모락모락 김을 내고 있었다. 달콤한 백설기를 먹으며 모니카와 수훈은 그간의 밀린 수업 얘기를 나눴고 그들 앞에 놓인 시간에 대해서도 나누었다.

그러다 차츰 누나 동생이 서로 진로를 상담하고 걱정해주는 분위기가 되어갔다. 수훈은 모니카와 영어를 공부하면서 꿈이 생겼다 했다. 그냥 여기서 택배 일을 하며 청춘을 보낼 바에야 새로운 곳에서 경험을 쌓으며 미래를 계획해보고 싶다고. 그래서 오늘이 마지막 수업이 될 것 같다고. 그날의 마지막 수업 읽기 교재는 파울로 코엘료의 『연금술사』였다. 『이솝이야기』부터 시작해 쉬운 동화책과 소설을 읽어오며 감상과 토론을 하다 보니 수훈의 실력은 많이 늘었고 지적인 욕구도 차츰 싹을 틔워가는 게 눈에 보였다. 모니카는 그녀가 좋아하는 책으로 수업을 마무리할 수 있어서 뿌듯했다.

"원장님, 다른 부분도 재미있었지만 전 마지막에 산티아고가 보물을 발견하는 장소가 자기 고향이라는 대목이 기억에 남네요. 결국 부메랑처럼 되돌아오는 줄거리잖아요. 보물은, 소중한 건 결국 내 마음에 있다. 멀리 있지 않고."

"음, 그렇죠. 행복은 가까이에 있다. 불교에서 말하는 '일체유심조' 같은 맥락이라고 봐요."

수훈은 머리를 긁적였다. 책을 덮으며 한 손에 턱을 괴었다.

"전 좀 겁이 나요. 만약 내가 보물을 찾아 떠날 때 결국 다 나에게 있고, 여기 있는데, 모든 걸 버리고 떠난다는 게 부질없고 쓸모없는 짓이란 생각이 들면 어쩌죠? 전 산티아고와는 달리 겁쟁이거든요. 앞이 보이지 않으면 승부수를 띄우고 싶지 않아요."

"겁쟁이가 아니라, 신중한 거죠. 나야말로 늘 겁쟁이였어요. 사람을 믿지 못했고, 내가 하는 일에 확신이 없었어요. 수훈 씨가 가져간 돈을 돌려주려고 다시 왔을 때 난 무언가 보았어요. 이런 말 한다고 웃지 말아요. 뭔가 희망 같은 거랄까. 사람에 대한 기대, 믿음이라고 부르는 것 말이에요. 두렵지만 한 걸음씩 걸어보기로 했어요. 물론 조심스러웠지만. 내 안에 겹겹이 쌓아온 의심의 벽을 조금씩 무너뜨려 보려는 용기 같은 거요."

수훈은 두 손을 깍지 꼈다. 힘이 들어가 불거진 손가락 마디가 하얘졌다.

"제게 기회를 주신 건 원장님이에요. 새로운 길을 떠날 수 있는 기회. 그 기회가 저에게 용기를 주었고, 저도 이제 한번 내어보려고 해요. 이 기회가 헛되지 않도록요."

모니카는 책 표지를 쓰다듬었다. 이 책은 언제 읽든 그녀를 실망하게 하지 않았다.

"그럼, 이 구절 기억해요? '그것은 진실이다. 생이 그들의 개인의 신화를 찾아 떠난 사람들에겐 한없이 관대하다는 것. 기억하고 믿자.' 행운을 빌어줄게요. 이렇게 두 손가락 길어서……. 수훈 씨는 잘 해낼 거예요."

셰일라는 한국 아이돌 춤을 곧잘 따라 했다. 혜순은 셰일라가 재능이 보인다며 댄스학원에 등록시켰다. 어디에 있든 K 학부모의 유전자는 감출 수 없는 것일까. 셰일라는 모두의 재간둥이이자, 꽃이었다. 셰일라가 그린 그림, 접은 종이학, 빚은 꽃병들로 장식된 혜순의 집은 작은 박물관이 되었다. 이제 주말 오찬의 셰프는 혜순 대신 아그네즈가 되었다. 신세대답게 떡볶이, 치킨까지 그녀가 못하는 요리는 없게 되었다. 한국식당을 열 정도로 솜씨가 있는 아그네즈였지만, 그녀의 사랑은 여전히 태권도와 한국어 선생이었다. 방과 후에 아이들에게 태권도 수업까지 하는 그녀는 홍길동처럼 동에 번쩍, 서에 번쩍했다. 정신없지만 행복해 보이는 그녀를 보며 모니카는 안도했다.

모니카는 한 달간 혜순 대신 셰일라의 엄마가 되었다. 혜순의 수술과 입원으로 텅 빈 자리를 메꾸는 일은 힘에 부쳤지만, 엄마가 될 기회를 만회라도 하려는 듯 그녀 안에서 굶주렸던 모성이 샘솟았다. 셰일라를 먹이고, 숙제를 도와주고, 머리맡에서 책을 읽어주며 하루를 마무리했다. 낮고 평화로운 셰일라의 호흡을 느끼며 완벽한 엄마가 된 듯한 그녀이 무슨이 마음에 들었다. 혜순이 옆에 있었다면 한마디 했을 것이다. "아유, 자기도 데이트앱 가입해봐. 이젠 짝 만날 때가 된 거 같은데……" 혜순의 오지랖이 더 이상 부담스럽지 않았다. 오히려 엄마의 잔소리가 이곳까지 날아와 그녀를 지켜보고 있다는 느낌에 실소했고 이따금 그 생각에 모니카는 만족감을 느꼈다. 다행히 유방에 발견된 혹이 양성이기에 가슴을 쓸어내렸다. 혜순의 수술과 치료를 함께하며 든든한 역할을 해내는 화교 남친을 지켜보며 부럽지 않았다면 거짓말일 테지만 모니카는 지금으로 충분했다.

다른 시간대를 수직으로 상승하며 건너는 내내 레이나는 새우잠을 잤다. 긴 비행시간을 견딜 생각에 각오를 다졌던 레이나였지만, 어느새 남국에서 북국으로 순간 이동을 한 듯 눈꺼풀이 반짝 떠졌다. 어두웠던 기내가 밝아지고 사람들이 수선을 떨었다. 짐을 챙기고, 잠든 아이를 살포시 깨어 둘러업고 그들은 각자가 목표한 목적지에 이제야 점을 찍으려 하고 있었다. 레이나는 두 팔을 힘껏 뻗치며 기지개를 켰다. 마른세수를 하려다 멈칫하고 컴팩트를 꺼냈다. 톡톡 얼굴을 매만진 뒤 짐을 내렸다. 착륙하는 기내 창 커튼을 살며시 열었다. 온통 검은 하늘과 땅이 어스름하게 깨어나며 타슈켄트 국제공항 청사가 형체를 드러내었다. 이제야 잠에서 깨어난 듯 거대한 대지가 뒤척이고 있었나. 시무룩한 입국 절차를 마치고 레이나는 그녀의 키만큼 큰 배낭이 얹힌 양 어깨에 씩씩하게 두 손을 얹었다. 로비가 열리고 밀려드는 사람의 파도가 다가왔다. 레이나는 묵묵히 헤치며 나아갔다.

"헤이! 레이나, 여기예요!"
"베가 쌤! 반가워요. 잘 지내셨어요?"

여전히 훌쩍한 그가 모래 빛 머리칼을 흔들며 수줍게 웃고 있었다.

작가의 말

어느 날 인생에 환절기가 찾아왔습니다. 몸과 마음이 내 것 같지 않았던 시간, 모든 걸 내려놓고 싶었습니다. 바로 그때 글쓰기가 제게 찾아왔습니다. 읽기만 해왔던 제 속에 그나마 차곡차곡 쌓여왔던 재료들이 있었나 봅니다. 설익었는지, 푹 익었는지 문득 호기심에 그 재료들을 꺼내 보아야 알 것 같았습니다.

쓰기를 통해 내 안에서 내가 익어가고 있었다는 기쁨을 누릴 수 있었습니다. 정신없이 멍하니 흘려보냈던 시간을 태엽을 되감으며 반추하듯 에세이 두 권을 썼습니다. 억눌러왔던 내 안의 이야기들을 살풀이하듯 부려놓고 한숨을 돌릴 즈음이었습니다. 오래전 첫사랑이었던 소설들이 다시 찾아와 똑똑 문을 두드렸습니다.

'너도 한때 문학도였잖아. 소설을 써 봐.'

그들의 속삭임에 펜을 다시 들 용기가 생겼습니다. 무얼 쓸까? 어떤 이야기를 써야 재미있을까? 저는 펜대로 이마를 톡톡 두드렸습니다. 밥을 먹으면서도, 길을 걸으면서도.

'너만이 쓸 수 있는 이야기를 써.'

소설 『명작 영어교습소』는 그렇게 한 발짝 저에게 다가왔습니다. 오랫동안 외국어를 가르치고 전칙해오면서 때로 저 자신의 정체성에 혼란도 느꼈습니다. 완벽할 수 없는 이국의 언어를 완벽하지 않은 자아가 미성숙한 자아들에게 가르치는 일은 불완전한 접속의 연속입니다. 그럼에도 서로 다른 언어들이 불안전하게 만나 완성을 향해가는 그 과정들이 모두를 성장하게 한다는 데 안도를 느낍니다.

지난해 단편소설 분량의 초고를 쓴 뒤 만든 눈덩이를 굴리고 굴려 하나의 눈사람을 완성할 수 있었습니다. 눈덩이를 굴리는 과정은 인내와 즐거움이 동반돼 즐거운 작업이었습니다. 이야기 속의 인물들은 한 번쯤은 길에서 스쳐 지나갔거나, 길모퉁이 어딘가에서 마주칠 수 있는 사람들입니다. 작은 꿈이 있고, 흔들리고, 넘어지고, 다시 일어나는 다르지만 평범한 이웃입니다.

동네 작은 교습소에도 가르치는 이와 배우는 이, 그들에게 또 다른 욕망을 투사하는 이들이 있습니다. 경쟁, 질투, 소외, 화해, 용서가 퍼즐처럼 얽혀 다양한 언어들로 부딪힙니다.

저에게 그랬듯 언어는 소통이며, 자유입니다. 결국, 서로를 알아가려 할 때 소통은 이루어지고 자유로워질 수 있습니다.

모니카, 레이나, 혜순, 아그네즈 그들 각자의 결핍과 아픔을 함께하며 저 또한 울고 웃을 수 있었습니다. 그들과 함께 긴 수다를 떨며 긴 오찬을 즐겼습니다.

이 소설을 읽으며 보낼 수 있는 것들은 보내고, 남아 있는 나를 따스하게 감싸 안을 수 있다면 좋겠습니다. 그렇게 가만히 그대를 토닥여주고 싶습니다.

가을을 맞이하며

백정순